Tucholsky Wagner Zola Scott Sydow Freud Schlegel
Turgenev Fonatne Wallace Walther von der Vogelweide Fouqué Friedrich II. von Preußen
Twain Weber Freiligrath Frey
Fechner Fichte Weiße Rose von Fallersleben Kant Ernst Richthofen Frommel
Engels Fielding Hölderlin Eichendorff Tacitus Dumas
Fehrs Faber Flaubert Eliasberg Ebner Eschenbach
Feuerbach Maximilian I. von Habsburg Fock Zweig Vergil
Ewald Eliot London
Goethe Elisabeth von Österreich
Mendelssohn Balzac Shakespeare Dostojewski Ganghofer
Trackl Lichtenberg Rathenau Doyle Gjellerup
Mommsen Stevenson Hambruch Droste-Hülshoff
Thoma Tolstoi Lenz Hanrieder
Dach von Arnim Hägele Hauff Humboldt
Karrillon Reuter Rousseau Hagen Hauptmann Gautier
Garschin Defoe Hebbel Baudelaire
Damaschke Descartes
Wolfram von Eschenbach Hegel Kussmaul Herder
Bronner Darwin Dickens Schopenhauer Rilke George
Melville Grimm Jerome
Campe Horváth Aristoteles Bebel Proust
Bismarck Vigny Barlach Voltaire Federer Herodot
Gengenbach Heine
Storm Casanova Tersteegen Grillparzer Georgy
Chamberlain Lessing Langbein Gilm Gryphius
Brentano Lafontaine
Strachwitz Claudius Schiller Kralik Iffland Sokrates
Bellamy Schilling
Katharina II. von Rußland Gerstäcker Raabe Gibbon Tschechow
Löns Hesse Hoffmann Gogol Wilde Vulpius
Luther Heym Hofmannsthal Gleim
Roth Klee Hölty Morgenstern Goedicke
Heyse Klopstock Kleist
Luxemburg Puschkin Homer Mörike Musil
Machiavelli La Roche Horaz
Navarra Aurel Musset Kierkegaard Kraft Kraus
Nestroy Marie de France Lamprecht Kind Kirchhoff Hugo Moltke
Nietzsche Nansen Laotse Ipsen Liebknecht
Marx Lassalle Gorki Klett Ringelnatz
von Ossietzky May vom Stein Lawrence Leibniz Irving
Petalozzi Knigge
Platon Pückler Michelangelo Kock Kafka
Sachs Poe Liebermann Korolenko
de Sade Praetorius Mistral Zetkin

Der Verlag tredition aus Hamburg veröffentlicht in der Reihe **TREDITION CLASSICS** Werke aus mehr als zwei Jahrtausenden. Diese waren zu einem Großteil vergriffen oder nur noch antiquarisch erhältlich.

Symbolfigur für **TREDITION CLASSICS** ist Johannes Gutenberg (1400 — 1468), der Erfinder des Buchdrucks mit Metalllettern und der Druckerpresse.

Mit der Buchreihe **TREDITION CLASSICS** verfolgt tredition das Ziel, tausende Klassiker der Weltliteratur verschiedener Sprachen wieder als gedruckte Bücher aufzulegen – und das weltweit!

Die Buchreihe dient zur Bewahrung der Literatur und Förderung der Kultur. Sie trägt so dazu bei, dass viele tausend Werke nicht in Vergessenheit geraten.

Luginsland

Dorfgeschichten

Wilhelm von Polenz

Impressum

Autor: Wilhelm von Polenz
Umschlagkonzept: toepferschumann, Berlin

Verlag: tredition GmbH, Hamburg
ISBN: 978-3-8424-1036-7
Printed in Germany

Ziel der TREDITION CLASSICS ist es, tausende deutsch- und fremdsprachige Klassiker wieder in Buchform verfügbar zu machen. Die Werke wurden eingescannt und digitalisiert. Dadurch können etwaige Fehler nicht komplett ausgeschlossen werden. Unsere Kooperationspartner und wir von tredition versuchen, die Werke bestmöglich zu bearbeiten. Sollten Sie trotzdem einen Fehler finden, bitten wir diesen zu entschuldigen. Die Rechtschreibung der Originalausgabe wurde unverändert übernommen. Daher können sich hinsichtlich der Schreibweise Widersprüche zu der heutigen Rechtschreibung ergeben.

Luginsland

Dorfgeschichten

von

Wilhelm von Polenz

1901

Luginsland

Dorfgeschichten

von

Wilhelm von Polenz

Zweite Auflage

Berlin W
F. Fontane & Co.
1901

Die Glocken von Krummseifenbach

Christlieb Leberecht Fürchtegott Kumack, der Großbauer von Krummseifenbach, saß auf der Anklagebank. Die Verhandlung dauerte kaum zwanzig Minuten. Der Angeklagte hatte mit auffälliger Gelassenheit das ihm zur Last gelegte Vergehen zugegeben. Nichts hatte den alten Mann aus seiner Ruhe zu bringen vermocht, nicht die Fragen des Vorsitzenden, nicht die scharfen Worte des Staatsanwalts. All das schien an Kumacks Gemütsverfassung wie Wasser an dem starken Gefieder einer Ente abzulaufen. Er hörte sich die Sache mit an, als werde diese ganze Verhandlung zu seinem besonderen Vergnügen geführt, und dabei handelte es sich doch um »Gefängnis bis zu drei Jahren«.

Der Verteidiger hatte soeben das Plaidoyer beendet, an dessen Schlusse er um mildernde Umstände für seinen Klienten bat. Die Staatsanwaltschaft verzichtete auf Erwiderung; der Fall lag ja klar, alle Erfordernisse der Gesetzesparagraphen waren erfüllt. Wegen besonderer Schwere des Falles hatte der Staatsanwalt das höchste zulässige Strafmaß beantragt.

Der Vorsitzende stellte, schon halb auf dem Sprunge nach dem Konferenzzimmer, die übliche Frage: ob der Angeklagte selbst noch etwas zu seiner Verteidigung anzuführen habe?

Der Angeklagte hatte, ganz gegen allen Gerichtsgebrauch, wirklich etwas anzuführen: »Ich meene ack, und ich wullte ack ees sagen,« begann er und blickte die Richter mit derselben himmlischen Ruhe an, die er während der ganzen Verhandlung an den Tag gelegt hatte, »wenn'ch mit Galde dervon kumma, will'ch de gruße Glucke nei keefen, wenn Se mich aber ganz freisprachen thun, hernachen da wullt'ch alle drei Glucken nei keefen.«

Der Vorsitzende musterte den Angeklagten erstaunt ob dieser Rede, dann blickte er auf die Beisitzer, um sich Rat zu holen: verstanden sie das?

»Angeklagter, was reden Sie denn? Was wollen Sie mit: »Glocken«? – Ob Sie etwas zu Ihrer Verteidigung, anführen können, habe ich gefragt!«

»Das is so gutt wie geschrieben, Herr Richter! Das weeß der Paster och und de ganze Gemeende weeß das. 's Gald ha'ch liegen derzu; ich kennte die Glucken morne schun keefen, kennt'ch ...«

»Sie scheinen mir nicht ganz bei Troste!« rief der Vorsitzende ärgerlich. »Also, Sie haben nichts anzuführen! Der Gerichtshof wird
sich nunmehr zurückziehen.« Damit gingen die Richter.

Im Zuhörerraum entstand lebhaftes Gemurmel und Köpfe-
zusammen-stecken. Es waren viele Leute da. Auf der Zeugenbank
saßen: der Pfarrer von Krummseifenbach und Herrmann Kumack,
der Sohn, ein Jüngling von einigen, zwanzig Jahren. Kumack junior
erschien im Gegensatz zu seinem Erzeuger spitz und schmächtig;
von seinem Kaliber hätten mehrere dazu gehört, um die breitgebau-
te, gut ausgepolsterte Figur des alten Bauern aufzuwiegen.

Sodann war noch manches Gemeindemitglied unaufgefordert
herbeigekommen; man wollte doch sehen, wie es dem Großbauer
vor Gericht ergehen würde. Die Sicherheit, mit der Kumack bis zum
letzten Augenblicke behauptet hatte, er müsse freigesprochen werden, imponierte den Leuten. Der Großbauer hatte ja Geld, und wer
Geld besaß, der konnte alles!

Man war äußerst gespannt auf den Spruch des Gerichts. Hier
handelte es sich um keine kleine Sache. Wenn der Großbauer wirklich mit Gefängnis bestraft wurde, wie der Staatsanwalt beantragt
hatte, dann war es mit seiner Stellung, als erster an der Spritze, ein
für allemal aus. Gefängnis! Mit gemeinen Verbrechern zusammen-
gesperrt! – So einer konnte doch nicht mehr im Gemeindekirchenrat
sitzen, oder andere Ehrenämter innehaben!

Wenn der Bauer hingegen freigesprochen wurde, dann, bekam
der Ort ein neues Glockenspiel. Das war nicht zu verachten! Die
jetzigen Glocken waren altersschwach; ringsum in den Dörfern
spottete man schon über das Gebimmel der Krummseifenbacher.
Und gar die große Glocke, die hatte einen Riß. Ein neues Glockenspiel mußte früher oder später beschafft werden.

Welche Ersparnis also für die Gemeinde, wenn der Großbauer eines aus seiner Tasche anschaffte! Ob die Richter das nicht doch mit
in Betracht ziehen würden? – So etwas müßte doch von Rechtswe-
gen berücksichtigt werden, hätte man denken sollen!

Der Herr Pastor hätte in Anbetracht dessen, daß es sich hier doch gewissermaßen um einen »guten Zweck« handelte, sein Zeugnis auch etwas anders einrichten können. Warum mußte der Mann denn alles sagen, was er wußte?

Der Sohn des Angeklagten hatte auf Vorhalten des Vorsitzenden, daß er die Aussage verweigern könne, erklärt, er wolle von diesem Rechte Gebrauch machen. Es war dem verschüchtert und ängstlich dreinschauenden Menschen gewiß nur lieb, daß er nicht gegen den Vater auszusagen brauchte.

Der Angeklagte blickte noch immer mit selbstzufrieden protziger Miene drein. Er nickte seinen Bekannten im Zuschauerraume zu, wollte einem etwas sagen, winkte ihn zu sich heran; aber der Gerichtsdiener bedeutete ihn in barschem Tone, daß das hier nicht erlaubt sei.

Nanu! Er war doch der Kumackbauer, der reichste Mann in Krummseifenbach. Hier auf dem Amte schienen sie wirklich nicht zu wissen, mit wem sie es zu thun hatten.

Jetzt kehrten die Richter zurück. »Im Namen des Königs: der Angeklagte, Christlieb Leberecht Fürchtegott Kumack, wird der ihm zur Last gelegten vorsätzlichen Störung des Gottesdienstes für schuldig befunden und zu einer Gefängnisstrafe von einem Jahre, sowie zur Tragung der Kosten des Verfahrens verurteilt.« Der Vorsitzende verlas das Urteil unter atemloser Stille. Aller Augen waren auf den Angeklagten gerichtet.

Der stand da mit offenem Munde und lächelte blöde. Seine knochigen Fäuste preßten die Brüstung der Schranke, daß es knackte. Das Blut war ihm jäh zu Kopf geschossen, färbte seine niedere Stirn und den Stiernacken blaurot bis unter das graue Haar.

Was denn! Man hatte wohl einen schlechten Witz mit ihm vor? Gefängnis! – Er, der Großbauer, ins Gefängnis? Er, auf ein Jahr ins ...

Kumack wollte etwas sagen, bewegte die Lippen stammelnd; aber der Vorsitzende, der sich inzwischen gesetzt hatte, war noch dabei, des Näheren zu erklären: warum und wieso man zu dem Urteil gekommen. Etwas von »mildernden Umständen« schlug an das Ohr des Angeklagten, von »mangelhafter Bildung« und »angeborener Unmanierlichkeit«. Zu seinen Gunsten sei das angenommen worden, hieß es, darum habe man ihn nur mit einem Jahre bestraft.

Der Richter wollte ihn wohl verspotten? Ein Jahr Gefängnis! Ein Jahr in die Zelle! Von seinem Hause weg, von seinem Gute! Eingesperrt, getrennt von seinen Feldern, seinem Gesinde, seinem Vieh! Allmächtiger! –

Er faßte sich an den Kopf, befühlte sich. Die hellen Tropfen standen ihm auf der Stirn, seine Lippen zuckten, er wollte was sagen: das Glockenspiel, die neuen Glocken, die er der Kirche versprochen hatte – sollte denn das gar nichts gelten?

Hilflos blickte er nach der Zeugenbank hinüber. Dort saß der Pastor, sein Sohn daneben. Konnten denn die ihm nicht helfen? Oder die anderen aus Krummseifenbach, würden denn die nicht für ihn eintreten? Er war doch ihr Großbauer! Er war doch der erste Mann in der Gemeinde? Durfte ihm denn so was geschehen? Das konnten seine Leute doch gar nicht zulassen! Aber im Zuschauerraum rührte sich niemand. Keine Anteilnahme, eher Schadenfreude, auf den Gesichtern.

Der Großbauer verurteilt! – Nun war es aus mit ihm. Sein vieles Geld hatte ihm also doch nichts geholfen! – Von seinen Freunden und Dorfgenossen sann jeder bereits darüber im stillen nach, welcher Vorteil aus dieser Wendung der Dinge erwachsen könne.

»Unterwerfen Sie sich dem Urteil, Kumack?« fragte der Richter zum Schluß.

Der Bauer blieb die Antwort schuldig; er sah und hörte nicht mehr, was um ihn her vorging. Nur eines erfüllte ihn ganz: er war zu einem Jahre Gefängnis verurteilt.

*

Durch Erbschaft war Christlieb Leberecht Fürchtegott Kumack in den Besitz von zwei großen Bauerngütern gekommen; so war er der größte Grundbesitzer in seinem Dorfe geworden. Sein Gut übertraf manches Rittergut an Umfang.

Der Kumackbauer war schon seit Jahren verwitwet. Anfangs, nach dem Tode der Bäuerin, ging er auf Freiersfüßen; aber es war nichts daraus geworden. Keines der Frauenzimmer, die er sich besehen, hatte gepaßt. Etwas hatte immer gefehlt: entweder waren Körpergröße und Gesundheit nicht in gewünschtem Maße vorhanden gewesen, oder es hatte mit dem Reichtum gehapert. Diese drei Eigenschaften nämlich verlangte der Großbauer unbedingt. Stattlich gewachsen, kerngesund und reich mußte das Weib sein, das bevorzugt sein sollte, mit ihm Tisch und Bett zu teilen. Auf ein hübsches Gesicht legte er weniger Wert; davon hatten ja andere Leute schließlich ebensoviel, wie er. Nein, er verlangte Eigenschaften, von denen der Besitzer wirklich was hatte. Einen Puff mußte sie vertragen können, so wie seine Selige, die bis zu ihrem Tode niemals geklagt hatte. Er hatte sich im stillen oft selbst gewundert, wieviel so ein Frauenzimmer auszuhalten im stande ist. Kumack hätte darum am liebsten eine Witfrau geehelicht; die Sorte hatte doch schon was mitgemacht, war nicht gar so hieferig und zimperlich wie die Jungfern. Verstand und Gemüt hingegen fielen nicht schwer in die Wage für ihn; denn dumm waren die Weiber nun doch mal alle, und ob eine zänkisch und widerhaarig, das ließ ihn gleichgiltig. Er war noch mit jeder fertig geworden. Aber eines mußte sie haben: Geld! Ohne Vermögen zu heiraten, das wäre dem Kumackbauer wie eine Entwürdigung vorgekommen; er wußte, was er sich und seinem Besitze schuldig war.

Und da er soviel Tugend und Begabung, in einer Person vereinigt, nirgends hatte auftreiben können, war der Großbauer von Krummseifenbach Witwer geblieben.

Er besaß aus seiner Ehe drei Töchter und einen Sohn. Die Mädels waren, als Töchter des reichen Kumackbauern, abgegangen wie die warmen Semmeln und saßen jetzt gut versorgt in der Nachbarschaft, an Bauernsöhne verheiratet. Allein das jüngste Kind, der Sohn, lebte noch im Hause des Vaters.

Die Hand des Alten lag schwer auf Hermann. Den herkulisch gewachsenen Kumackbauer verdroß es, daß der Junge so klein und schmächtig. Die Kumacks waren, so lange man denken konnte, immer Kerls von seinem Schlage gewesen. Aber mit dem hier schien überhaupt nicht viel los; erstensmal war er so spät gekommen, nach drei Mädels erst. Und dann war er von Geburt an solch ein »Hieferig« gewesen. Zur Wehr gegen seinen Vater hatte sich Hermann noch niemals gesetzt, so wie Christlieb Leberecht Fürchtegott es doch seinerzeit gethan gegen den seinigen. Denn das war in dieser Familie ein althergebrachter Brauch: Vater und Sohn maßen ihre Kräfte – ähnlich wie ein alter und ein junger Hahn auf dem Hühnerhofe zu kämpfen pflegen, bis der Alte sich überzeugen muß, daß für ihn die Zeit gekommen, der jüngeren Kraft Platz zu machen. In dieser Weise zogen sich die Kumacks erst nach ehrlichem Kampfe ins Leibgedinge zurück. Mit Hermann war das ein ander Ding. Er lernte gut auf der Schule; was vor ihm auch noch niemals ein Kumack gethan hatte. Daran, sich mit den Fäusten sein Recht beim Vater zu holen, dachte er nicht. Er duckte sich vielmehr bescheiden unter das Regiment des Alten.

Aber nicht bloß im eigenen Hause herrschte der Kumackbauer als unumschränkter Herr und Gebieter, auch in Dorf und Gemeinde war er tonangebende Persönlichkeit.

In Wegesachen, in Steuerfragen, in Armenangelegenheiten, in Kirchendingen fiel sein Ausspruch gewichtig in die Wagschale, wie es dem Worte eines Mannes zukam, der den vierten Teil der Gemeindeabgaben allein zu tragen hatte.

Der Kumackbauer besaß den Willen und auch die Gabe zum Herrschen. Vor allem half ihm darin eine Maxime, die er sein ganzes Leben hindurch befolgt hatte; wurde er um seine Meinung befragt, oder ging man ihn um irgend etwas an, dann sagte er: »Nein!« Beim »Ja«-sagen hatte er noch nie etwas Gutes herauskommen sehen. Nur nichts zugeben, nur nicht sich zureden, oder gar sich überzeugen lassen! Wenn man jemandem etwas gab, das man nicht geben mußte, dann war man ein Esel; dies die Quintessenz seiner Lebensweisheit.

So hatte der Großbauer in Krummseifenbach geherrscht manches Jahr hindurch, ohne nennenswerte Opposition zu finden; was sich davon etwa gegen ihn hervorgewagt hatte, war schnell und gründlich niedergeschlagen worden.

Das wurde anders, als an Stelle des alten Pfarrers, der bis dahin in Krummseifenbach amtiert hatte, und der sich endlich wegen Kränklichkeit emeritieren ließ, ein jüngerer Herr kam. Der neue Geistliche stöberte mancherlei auf, was der Reform bedürftig erschien. Wenn er nun irgend einen Vorschlag zur Besserung vorbrachte, fand er bei den Vätern des Ortes wohl scheinbar willige Ohren, sobald es aber zum Bewilligen kommen sollte, stieß er auf Widerstand. Der Führer dieser Opposition, das erkannte er bald, war kein anderer als der protzige alte Kumack, von dem die Dorfleute in scheuer Ehrfurcht nie anders als vom »Großbauern« sprachen.

So ähnlich sollte es auch jetzt wieder gehen, als der Pfarrer vor dem vereinigten Gemeinde- und Kirchenrat von Krummseifenbach um ein neues Glockenspiel für den Kirchturm petitionierte.

Der junge Geistliche hoffte seinen Wunsch zu erreichen, wenn er die Leute bei der Ambition packte. Die Krummseifenbacher waren nämlich nicht wenig eingebildet auf ihren Ort und seine Einrichtungen. Es schien daher nicht übel erdacht, wenn man ihnen vorhielt, sie dürften es nicht auf sich sitzen lassen, die schlechtesten Glocken von allen Kirchspielen in der Umgegend zu haben. Auch noch in anderer Weise wußte der neue Hirte seinen Vorschlag schmackhaft zu machen. Die alten Glocken sollten mit angegeben werden. Vielleicht würde auch ein hohes Landeskonsistorium einen Beitrag gewähren. Für die Musikalischen unter den Dorfvätern erwähnte er so nebenbei, daß man ein schönes Geläute, auf As-Dur gestimmt, schon im Gewichte von zwölf Centnern bekommen könne, während das jetzige Fis-Dur-Geläute ganze zwanzig Centner wiege. Man profitiere also bei diesem Wechsel am Anschaffungspreise.

Nachdem er so das Geschäftliche und Technische dargelegt, wandte sich der Geistliche nunmehr der idealen Seite der Sache zu. Er schilderte schwungvoll, wie erhebend es sein werde, wenn am Sonntag Morgen die neuen Glocken hoch vom Turm herab die Gemeinde zum Kirchgang rufen würden, wie feierlich und ergreifend, wenn bei Begräbnissen die Sterbeglocke ertöne, wie fröhlich, wenn bei Trauungen die große Glocke angeschlagen werde, oder wie festlich, wenn am Palmsonntag während der Einsegnung der Konfirmanden mit allen drei Glocken gleichzeitig geläutet würde. Und nun gar das Gedächtnisläuten im Dreiklangakkord nach der Predigt zur besonderen Ehrung eines Dahingeschiedenen!

Aber auch diesmal erfuhr der Pfarrherr eine Enttäuschung. Als er seinen Vortrag geendet, herrschte lange Zeit Stille, dann räusperte sich der eine und der andere der Väter, man blickte auf den Großbauern, ehrfurchtsvoll abwartend, was der wohl zu der Sache sagen werde.

Christlieb Leberecht Fürchtegott Kumack stellte die geschlossene Faust vor sich auf den Tisch, dann seine Finger betrachtend und mit starrem Blicke, als rede er zu diesen, begann er: man sei bisher zufrieden gewesen in Krummseifenbach. Es sei auch bisher alles gut gegangen, und so würde es wohl auch noch weiter gut gehen, trotz des neuen Pastors. Er für seine Person gehe zur Kirche an jedem Sonntage, ob neue oder alte Glocken, das sei ihm ganz egal. Die alten hätten's so lange versorgt und würden ihn wohl noch aushalten; was nach seinem Tode werde, das sei ihm dann gleichgiltig. Aber bei seinen Lebzeiten würden keine neuen Glocken angeschafft, soviel sage er.

Die Gemeindeväter gaben durch Kopfnicken zu verstehen, daß diese Meinung ihnen aus dem Herzen gesprochen war. Dem jungen temperamentvollen Gottesmanne aber lief die Galle über. Was war mit solchen Starrschädeln anzufangen! Es war, als rede man einer Wand zu, sich von der Stelle zu bewegen. Einmal wollte er's der Gesellschaft aber doch sagen – seine Meinung! Er konnte nicht anders. Und so wetterte er denn los von Beschränktheit und Engherzigkeit und Geiz, die alle seine guten Absichten zu nichte machten.

Auf die erregten Worte des Pfarrherrn erwiderte der Kumackbauer in überlegener Ruhe: es sei ja möglich, daß sie nicht so viel gelernt hatten wie der Herr Pastor, aber von wegen der »Beschränktheit« – es gäbe auch »gelehrte Ochsen«. Und wegen »Geiz« – wenn einer angestellt sei von der Gemeinde und beziehe jahraus jahrein sein Gehalt, da sei es freilich leicht von anderen verlangen, daß sie Geld hergeben sollten. Er wäre ein guter Christ und gäbe Gotte, was Gottes sei, und er gehe jeden Sonntag in die Kirche und höre dem Herrn Pastor zu, wenn er auf der Kanzel stehe ...

Hier hielt sich der Geistliche nicht länger.

»Ja, in die Kirche gehen Sie, Herr Kumack, jeden Sonntag; das stimmt! Aber, was thun Sie da? – Denken Sie, ich habe keine Augen und Ohren, Herr Kumack! Wozu kommen Sie ins Gotteshaus? Um zu schlafen! Jawohl, ich hab's gesehen. Sie schlafen, ja sie sind unbefangen genug, zu schnarchen während der Predigt. Ich fordere die

Anwesenden auf, der Wahrheit die Ehre zu geben! Hat Kumack am vorigen Sonntage während der Predigt geschnarcht, oder nicht?«

Die Väter sahen sich ob dieser unerwarteten Frage verdutzt an. Recht hatte der Herr Pastor ja; der Großbauer machte sein Kirchenschläfchen. Und geschnarcht hatte er am Sonntage; gewiß, die ganze Gemeinde hatte es gehört, und das war auch nicht das erste Mal gewesen. Der Herr Pastor hatte ganz recht! – Aber sie hatten in dieser Beziehung kein reines Gewissen, denn dem Kirchenschlaf huldigten sie mehr oder weniger alle, nur wagten sie es nicht so offen zu betreiben, wie Kumack. Während der Predigt zu schnarchen, das war in Krummseifenbach gewissermaßen des Großbauern Privileg.

Der Großbauer war blaurot geworden im Gesicht. Was nahm sich der junge Mensch heraus! Ihm vorschreiben, wie er sich zu benehmen habe! Seit fünfzig Jahren ging er zur Kirche, und geschlafen hatte er in der Predigt, so lange er denken konnte. Kein Pastor hatte etwas darin gefunden, und jetzt kam da so einer her! – Kumack fühlte es: hier handelte es sich um eine Kraftprobe. Gab er hier klein bei, dann war es aus mit seiner Autorität in der Gemeinde. Der Pastor oder er! Nur einer konnte herrschen in Krummseifenbach.

Seine Antwort ließ daher an Deutlichkeit nichts zu wünschen übrig. Zum Schlusse erhob er sich und verließ, unter Protest das Pfarrhaus. Ihm folgten seine Getreuen.

Von diesem Tage an bestand offenes Zerwürfnis zwischen dem Pfarrer und den Ortsvätern.

Zunächst hatte der Kumackbauer gesiegt. Er brüstete sich nicht wenig mit diesem Erfolge. Der Pastor solle ihm noch aus der Hand fressen lernen, sagte er jedem, der es hören wollte. Er werde nicht dulden, daß die alten guten Gebräuche und Einrichtungen von Krummseifenbach durch vorwitzige Neuerer über den Haufen geworfen würden. Ferner erklärte er, daß er schlafen werde, wo es ihm passe und so laut es ihm passe. Sollte es aber jemandem einfallen, ihn zu stören ... das übrige deutete er durch äußerst sprechende Handbewegungen an.

Am nächsten Sonntag – es war Oculi – saß der Kumackbauer denn auch wieder in seinem Kirchenstande, neben ihm sein Sohn

Hermann. Herausfordernd blickte der Bauer den Pastor an, als der die Kanzel betrat, als wollte er sagen: »Hier bin ich! Nun wollen wir mal sehen!«

Den Kanzelvers sang der Bauer stehend mit der übrigen Gemeinde. Dann griff er in die hintere Tasche seines blauen Rockes, holte die Tabaksdose hervor und nahm seine zwei Prisen – für jedes Nasenloch eine – alles, wie er es seit Jahren zu thun gewohnt war; für ihn war das eben ein Teil des Gottesdienstes und nicht der unwichtigste. – Nun steckte er die Dose sorgfältig wieder ein, nieste und lehnte sich zurück, den Pastor, der inzwischen den ersten Teil seiner Auslegung begonnen hatte, mit starrem Blick fixierend, allmählich blinzelnd, bis sich die Lider geschlossen.

Der Großbauer schlief. Bald merkte es die Gemeinde an den tiefen, langgezogenen, röchelnden Tönen, die nicht zu überhören waren.

Die Nachbarn respektierten den Schlaf des Gewaltigen. Man hatte nicht vergessen, was der Bauer in Aussicht gestellt hatte, für den, der sich's etwa einfallen lassen sollte, ihn zu wecken. Er war der Mann dazu, sein Wort wahr zu machen.

Das Schnarchen dauerte fort. Es klang nicht unharmonisch, wie eine rhythmische Begleitung der Predigt.

Einzelne Leute reckten bereits die Köpfe, man lächelte sich verständnisvoll zu, stieß den Nachbar an, schadenfroh. Der Großbauer hatte also doch seinen Kopf durchgesetzt!

Der Pastor war blaß geworden bis in die Lippen, seine Stimme zitterte. Plötzlich brach er ab, schwieg. – Totenstille im Gotteshause! Nur das Schnarchen ging weiter, jetzt doppelt hörbar.

Da erhob sich der Sohn des Großbauern von seinem Platze – Hermann Kumack war in diesem Augenblicke mindestens ebenso bleich wie die weißgetünchte Kirchenwand – er berührte den Vater am Arme, erst leise, da dies nichts half, fester. Die gurgelnden Töne setzten jäh aus. Verschlafen öffnete der Bauer die Augen, blöde blickte er in das Gesicht seines Jungen. »Sie sind in der Kirche, Vater!« flüsterte der.

Da, ein klatschender Schlag und noch einer – der Kumackbauer hatte den Sohn geohrfeigt.

*

Daß die Sache dem Alten schlecht bekommen werde, war allen klar, nur nicht dem Thäter selbst.

Was wollten die Leute eigentlich? Von Anzeige zu sprechen, von Gericht und Gefängnis? – In der Kirche schlafen, war das ein Verbrechen? Und daß er den Jungen geohrfeigt hatte, war das nicht sein gutes Recht? Sein eigen Fleisch und Blut! – Hatte er's denn nicht vorher gesagt, daß sich's keiner unterstehen solle, ihn zu wecken; und nun ließ sich's der grüne Bengel doch einfallen.

Konnte man ihm verbieten, sein Kind zu züchtigen? Sein Vater hatte ihn auch geprügelt; das war so von Gott geordnet.

Aber in der Kirche! – Nun ja, das war am Ende nicht ganz in Ordnung. Wenn er sich's recht überlegte, war's ihm lieber gewesen, er hätte es nicht gethan. Aber deshalb Bestrafung! Das war wohl nicht so gefährlich, wie's die Leute machten. Wozu war er denn der Großbauer? Ihm ist doch noch nie etwas passiert! Er würde sich auch hier rauszuhelfen wissen. Nur sich nicht die Pferde scheu machen lassen; das war die Hauptsache!

Als er nun aber vor den Richter zitiert wurde, und als gar noch andere Leute aus dem Dorfe in dieser Sache verhört wurden, da fing dem Bauern an zu schwanen, daß die Geschichte doch ernster sei diesmal, als er's für möglich gehalten hatte.

Aber auch jetzt warf er die Flinte nicht ins Korn. Einen Ausweg gab's immer noch.

Christlieb Leberecht Fürchtegott Kumack lächelte verschmitzt, als er auf diesen Gedanken verfallen war. Dann zog er sich seinen Kirchenrock an und ging aufs Pfarrhaus.

Der Pastor sah mit Befremden den Großbauern bei sich eintreten. Aha, jetzt kommt der reuige Sünder! dachte er, bereits im stillen triumphierend.

Der Geistliche hatte längst allen Groll fahren lassen gegen den alten Bauern; er wußte, daß es ihm übel ergehen werde vor Gericht. Daß es soweit gekommen, war ihm auch nicht recht. Im Grunde fühlte er sich nicht gänzlich frei von Schuld in dieser ganzen Angelegenheit. Er war daher bereit, dem Manne, falls er sich reuig zeigen sollte, eine Brücke zu bauen.

Da hatte er den Kumackbauern aber falsch taxiert. Reue war etwas, was der Alte wohl nie erlernt hatte. Mit ganz anderen Gedanken und Absichten trat der vor seinen Seelsorger.

»Der Herr Paster meenten doch, und Se redten in der Sitzung neilich von Glucken, daß Se a neies Gluckenspiel han mechten. Ich ha' mer das Ding iberlegt; eegentlich han Se ganz racht, Herr Paster: mir mechten a neies Gluckenspiel han. Mir wärsch ja o ganz racht; wenn mer ack 's Geld derzu hätten in dar Gemeene. Denn su drei neie Glucken uf eemal, die kosten a Sticke Gald. Da ha'ch nu so bei mer gedacht: wenn du nu die neien Glucken keeftest, ha'ch gedacht. Und deshalb bi'ch hierher gekumma, um Ihre Meenung zu heren, Herr Paster, was Se meenen wirden, wenn'ch Se nu die Glucken beschaffen thäte.«

Der Geistliche sah sich seinen Besuch erstaunt an. Potztausend! war der Mann verändert: so höflich und so freigebig gesinnt auf einmal! – Er vermutete, daß da doch noch etwas dahinter stecken müsse. Ein Bauer, der freiwillig ein Geschenk anbietet, aus purem blankem Idealismus, der müßte denn doch ganz aus der Art geschlagen sein.

Er faßte sich den Mann scharf ins Auge und fragte, in welcher Höhe und Form er die Stiftung zu machen gedenke.

»Nee, Herr Paster, so jählings gieht das ne! Ack state, ack state! Von wegen Stiftung hat noch kee Mensch was geredt. Erscht wollen mer mal de Verhandlung abwarten bei Gerichte, was de Zeigen aussagen werden gegen mich. Hernachen woll'n mer schreiben. Heite sag'ch blussig suvills: wenn'ch frei kumma bei Gerichte, gah'ch a neies Gluckenspiel für unse Kirche. Ich meene, das is gerade genug! Die Uhrfeige is am Ende och nich suvills wart. Aber wie'ch 's sage: wenn'ch frei kumma, will'ch 's Gald gahn, aber eher ne.«

Sehr erstaunt war der Bauer, als er erleben mußte, daß der Geistliche nicht mit beiden Händen zugriff, daß er vielmehr das Ansinnen klipp und klar, ja mit einer gewissen Entrüstung abwies.

Diese Pastoren! das wollte nun studiert haben! Den praktischen Vorteil einer Sache, der hier doch ganz klar auf der Hand lag, sah so einer nicht.

Aber wenn der Pastor auch dumm war, Kumack setzte seine Hoffnung immer noch auf die Dorfgenossen; die würden den Vorteil besser erkennen, der ihnen hier geboten ward. Und die Richter mußten am Ende doch auch die Vernünftigkeit seines Vorschlages einsehen.

*

Als der Kumackbauer aus dem Gefängnis zurückkehrte nach Krummseifenbach, erkannten ihn die Leute kaum wieder. Aus dem rüstigen Manne war im Laufe eines Jahres ein Greis geworden.

Gehorchen hatte er müssen, sich fügen in der Anstalt, und das war ein wenig spät gewesen für den alten, steifen Baum, den in der Jugend niemand an einen Pfahl gebunden hatte. Das Schrecklichste aber von allem war, daß er so viel Zeit gehabt hatte zum Nachdenken. Das Denken, das schreckliche Denken! daran war er nicht gewöhnt.

Wenn er beim Tabakrippen stand, oder beim Wollereißen, unter einem Haufen gleichbeschäftigter Gefangener, da flogen seine Gedanken hinaus nach dem Dorfe, nach seinem Gute. Was mochten sie jetzt wohl machen? Heute vor'm Jahre säeten wir den Hafer. Ob sie wohl jetzt die Kartoffeln schon gelegt haben? Oder: heute ist trockene Witterung, da werden sie wohl ins Korn hauen. – So war er mit seinem Denken und Sinnen immer draußen, während die starken Hände, die viel besser den Pflug geführt hätten oder die Sense, mechanisch die vorgeschriebene Arbeit verrichteten. Und gewiß würde der Junge, der Hermann, alles verkehrt machen! Was verstand der grüne Bengel vom Wirtschaften! Alles würde er ihm auf den Kopf stellen, im Hofe und Stalle und auf dem Felde.

Das war das Schwerste, zu denken, daß der Sohn, den er schlechter als einen Knecht behandelt hatte, nun schalten und walten konnte nach Belieben.

Hermann hatte inzwischen die Zeit auszunutzen verstanden. Mancherlei Veränderungen nahm er vor auf dem Gute während des Vaters Abwesenheit. Die Nachbarn staunten über die Thatkraft und

Rührigkeit des jungen Mannes; der schien ein ganz neuer Mensch, seit der Alte nicht mehr hinter ihm stand, ihn zu ducken. Ja, Hermann führte einen Streich aus, den er in Gegenwart des Vaters kaum gewagt haben würde, er ging nämlich auf die Freite, nahm sich ein hübsches, kräftiges, gesundes Mädchen zum Weibe.

Als der Alte endlich in sein Nest zurückkehrte, fand er dort ein junges Paar wohnlich eingerichtet. Anfangs wollte er den früheren Ton gegen den Sohn anschlagen, aber er mußte die Erfahrung machen, daß dem jungen Hahne inzwischen die Sporen gewachsen seien. Er selbst aber war nicht mehr, der er früher gewesen.

Die Welt war anders geworden in dem einen Jahre. Auch im Dorfe sah jetzt alles verändert aus; man zitterte nicht mehr vor dem Großbauern.

Die Ehrenämter, die er vordem in der Gemeinde innegehabt, waren längst mit anderen Kräften besetzt. Niemals würde es ihm gelingen, die alte Rolle wieder zu spielen. Er hatte ja gesessen; das konnte ihm jeder Lausejunge vorhalten.

Er war wohl garnicht der Großbauer mehr? Die Leute nannten ihn schon lange nicht mehr so. Sogar auf dem eigenen Gute, bei dem Gesinde, das sich inzwischen gewöhnt hatte, auf die Befehle des Jungen zu hören, stieß er auf spöttische Blicke, Murren und Auflehnung. Nein, er war nicht mehr der Großbauer; er sah es selbst ein.

Da faßte er denn einen Entschluß: er gab sich bei seinen Kindern ins Ausgedinge, überließ dem Sohne die Wirtschaft.

Wer ihm das vor ein paar Jahren gesagt hätte! Er freiwillig abdanken! Er aufs Altenteil gesetzt! – Und wie war das gekommen? Nicht einmal die übliche Kraftprobe hatte stattgefunden zwischen dem Alten und dem Jungen.

Hin und wieder ging er noch hinaus aufs Feld, aber er brachte nichts Rechtes mehr vor sich.

Die Art, wie sein Sohn die Wirtschaft betrieb, mit allerhand Maschinen und mit künstlichem Dünger, ärgerte ihn. Aber da der Junge nicht auf Rat hörte und ihn bei Seite schob, gab er die Einmischungen mit der Zeit auf, räsonnierte fortan nur noch in Selbstgesprächen.

Seinen Prophezeiungen zum Trotz gedieh die Wirtschaft der jungen Leute vortrefflich. Die Schwiegertochter aber sorgte dafür, daß die Kumacks in Krummseifenbach so bald nicht aussterben würden.

In die Kirche ging der Alte jeden Sonntag, wie früher. Da er jetzt nichts mehr zu thun hatte, war sein Schlafbedürfnis ein geringeres geworden; ja, er sehnte sich ordentlich nach Gottesdienst und Predigt, als nach einer Abwechselung in seinem leeren Dasein. Und so gewöhnte er sich den Kirchenschlaf mit der Zeit ganz ab.

Neue Glocken hatte die Kirche auch jetzt noch nicht; denn an Stelle Kumacks waren andere Geizkragen in die Gemeindevertretung gekommen, welche die nötigen Gelder nicht bewilligen wollten.

*

Eines Tages – es war im März – trat Kumack ins Pfarrhaus. Er war seit jenem Tage, wo er seine Freisprechung durch das Angebot eines neuen Glockenspiels hatte bewirken wollen, nicht mehr da gewesen.

Der Geistliche, der auch inzwischen erfahren hatte, daß man nicht mit dem Kopfe durch die Wand kann, freute sich aufrichtig, den Alten bei sich eintreten zu sehen; er hatte ihn im stillen schon immer erwartet. Zwischen ihm und dem Manne da war ja noch eine alte Rechnung zu begleichen.

Christlieb Leberecht Fürchtegott Kumack blieb an der Thür stehen und drehte die Mütze in der Hand. Der Pastor nötigte ihn ins Zimmer und auf einen Stuhl, dann fragte er, was ihm die Ehre verschaffe.

Der Alte brauchte einige Zeit zum Räuspern und Schnäuzen, dann brach er los:

»Ich kam zu Sie, Herr Paster, und ich wollt' ack – mir han doch heite an achten März wieder, und da dacht'ch nur so, weil doch de Kirche keene neien Glucken nuch ne hat, da dacht'ch, ob'ch am Ende die Glucken schenkte, dacht'ch. – Was würden Sie denn daderzu meenen, Herr Paster?«

Dem Geistlichen schien etwas in die Kehle gekommen zu sein, er schluckte und würgte. Dann trat er vor den Alten hin – der jetzt ganz schlohweißes Haar hatte – legte ihm die Hände auf die Schultern und sah ihm in die Augen.

»'s is nämlich heite der achte März, Herr Paster! Damals war's a Sunntch, als das passierte – nu Se wissen ja! – Fünf Jahre sein's heite, Herr Paster!«

»Richtig, richtig, Kumack! Es war am Sonntag Oculi vor fünf Jahren.«

»Ees wollt'ch Sie noch befragn, Herr Paster; wenn'ch nu die Glucken schenken thue, alle dreie, kennt'ch hernach den Glucken Namen gahn, welche ich wollte, oder gieht das ne?«

»Namen! Natürlich! Warum denn nicht? Das heißt, wenn es gute christliche Namen sind, Kumack!«

»Nu, ich dacht' ock, weil's duch gerade drei Glucken sen, und ich ha' doch drei Namen, da dacht'ch: se kennten am Ende de grüße Christlich, de mittlere Leberecht und de dritte, was de kleene is, Fürchtegott tofen. So sein nämlich meine Namen, Herr Paster.«

»Das wird sicherlich keine Schwierigkeiten machen, lieber Kumack! Das sind ja wunderschöne Namen, die werden den Glocken nur zur Zierde gereichen. – In Gottes Namen also! Jetzt sind wir auf dem rechten Wege.« –

So wurden denn die neuen Glocken angeschafft, und Krummseifenbach bekam ein Glockenspiel, wie weit und breit in der Gegend keine Gemeinde eines besaß. Der alte Kumack erlebte die Glockentaufe selbst nicht mehr; er starb sehr plötzlich an einem Schlaganfall. Und so wurde sein Wort wahr, das er ausgesprochen hatte, als er noch Alleinherrscher war in Krummseifenbach, daß zu seinen Lebzeiten die alten Glocken es versorgen müßten.

Der Pastor aber kam mit den Gemeindevätern dahin überein, daß jedes Jahr am Sonntag Oculi, nach der Predigt, mit allen drei Glocken ein Ehrengeläute zum Gedächtnis des Stifters geläutet werden solle.

Mutter Maukschens Liebster

Kein Mensch auf der Welt ist so elend, jämmerlich und arm, daß er nicht seine Neider hätte; denn schließlich nimmt jeder Baum, mag er noch so wenig Platz beanspruchen und noch so karge Nahrung dem Boden entziehen, wenigstens Luft und Licht in Anspruch und wirft einen Schatten, der, nach Ansicht des Nachbars, das ihm allein zukommende Licht verdunkelt. Während wir wachsen, wächst der andern Verdruß über unser Wachstum, und wenn einer gefällt ist, atmen so und so viele erleichtert auf; denn nun können sie sich in der Lücke ausbreiten.

So geht es bei kleinen Leuten wie bei großen. Nur pflegen die kleinen ihre Schadenfreude ganz naiv an den Tag zu legen, weil sie es nicht gelernt haben, ihre Naturanlage kunstvoll hinter sogenanntem Takt zu verbergen.

Die Maukschen befand sich gewiß in keiner beneidenswerten Lage. Sie war Witwe. Zwar besaß sie ein Häuschen, aber das war so baufällig, daß man sich schier wundern mußte, wie es im stande sei, die vielen darauf lastenden Hypotheken zu tragen.

Sie litt an Rheumatismus, und die Frostbeulen an ihren Füßen waren auch keine angenehme Zugabe, wenn man einem Gewerbe nachhing, das einen jahraus jahrein bei jeder Witterung in die entferntesten Häuser des Kirchspiels führte. Zudem wurde das Amt der Leichenfrau nur schlecht bezahlt.

Und trotzdem hatte die Witwe ihre Feinde. Der Brotneid war auch gegen sie rege. Unter den Frauen des Dorfes gab es manch eine Anwärterin für dieses Amt. Man fand, die Mankschen habe es nun lange genug innegehabt, und gönnte ihr von Herzen, daß die Arbeit, die sie an Hunderten von Verblichenen ausgeübt hatte, nun endlich auch an ihr vollzogen werde.

Aber Mutter Mauksch war aus zähem Holze geschnitten. Das Leben hatte tüchtig an ihr herumgezaust, ohne sie doch unterzukriegen. Daß sie einmal ein hübsches Mädchen gewesen, das manches Burschen Herz beunruhigt hatte, sah man ihr freilich nicht mehr an. Das Alter hatte ihren Rücken krumm gezogen und ihrem Gesicht einen starren, harten Ausdruck gegeben. Sah man näher zu, so erkannte man, daß dieses Gesicht überdies stark von Pockennarben entstellt war.

Ihre Lippen schienen das Lächeln längst verlernt zu haben. Vielleicht brachte das ihr Beruf mit sich. Wer jahraus jahrein mit den Toten zu schaffen hat, dem ist es wohl nicht zu verdenken, wenn er ernst dreinblickt und die Menschen verächtlich betrachtet, wie sie durch die kurze Spanne des Lebens zum Ende hasten. Ruhig Blut, mein Sohn, der du dich so ungebärdig stellst, so alle Vernunft und Vorsicht in den Wind schlägst, du fällst der Maukschen ganz sicher in die Hände! Und du, Mädchen, das sich brüstet in jugendlicher Hoffart, als ob man sein Leben lang siebzehn wäre, dir bereiten die alten Hände auch noch das Brautlager, anders als du dir's gedacht hast!

Man fürchtete die Maukschen im Dorfe, sprach von ihrem »bösen Blicke«. Wenn sie die Straße hinabschritt, in der einen Hand den Stock, in der andern die Tasche mit den Werkzeugen ihres Berufes, dann verstummte der Spott, für den alte gebrechliche Leute sonst nicht zu sorgen brauchen. Die Kinder lärmten nicht mehr ausgelassen, tuschelten scheu, wie von Bangigkeit befallen. Die Leichenmutter ging mit gleichgiltiger Miene an alt und jung vorbei; sah sie aber einen an, dann war es, als dringe der Blick ihm durch und durch.

Mutter Mauksch hielt sich fernab von den Menschen; ein Grund mehr, weshalb man sie nicht liebte. Unterhaltungen über den Gartenzaun, Klatsch unter der Hausthür – sonst das Labsal der Weiber – war nichts für die mürrische Alte. Ihre Gange hatten alle den nämlichen Zweck. Wenn sie in ein Haus eintrat, dann wußten die Nachbarn auch ohne Todesanzeige, was sich dort ereignet habe.

Kühl und gleichgiltig, wie sie durch die Dorfgasse schritt, unberührt scheinbar von Menschenleid und Menschenfreude, waltete Mutter Mauksch auch am Totenbette ihres Amtes. Langjährige Erfahrung ersetzte, was ihren alten, verkrümmten Fingern vielleicht an Flinkheit abhanden gekommen sein mochte. Sie kannte keine Furcht, keinen Ekel, kein Mitgefühl. Daß einer sich nicht mehr rühren, nicht mehr sprechen und atmen konnte, war für sie das natürlichste Ding von der Welt.

Die Toten waren geduldig, fügsam und vernünftig. Von ihnen brauchte man sich nicht allerhand dummer Streiche zu versehen, vor denen man bei den Lebenden niemals sicher war. Sie liebte diese stillen Leute.

Manchmal wurde ihr im Trauerhause außer dem, was sie zu fordern hatte für ihre Dienste, Speise und Trank gereicht. Kaffee und Bier trank sie; aber den Branntwein, der ihr oft genug angeboten wurde, wies sie standhaft ab. Was aber sich irgendwie dazu eignete, wickelte sie in ein großkariertes Tuch, das sie zu solchem Zwecke jederzeit bei sich führte. Sie galt für geizig, für gierig und kramhaft, weil sie alles, was sie erraffen könne, nach Haus schleppe. Ihre Neiderinnen – von denen wir gehört haben – wußten Wunderdinge zu erzählen von den Schätzen, welche sie in ihrer Spelunke zusammenscharre.

Allerdings war Mutter Mauksch keine Verschwenderin; sie wendete jeden Groschen dreimal um, ehe sie ihn ausgab. Sie hatte aber auch allen Grund, sparsam zu sein, denn die Schulden, die ihr Mann ihr hinterlassen hatte, wollten verzinst sein. Zudem besaß sie jemanden, für den sie zu sorgen hatte, einen Menschen, ärmer noch und elender als sie: Bierlich-August, ein alter Junggeselle, der seit Jahren bei ihr lebte.

In welchem Verhältnisse die beiden zu einander standen, wußte niemand recht. Bierlich wohnte weder zur Miete bei Mutter Mauksch noch hatte er das Ausgedinge. Freiwillig gewährte sie ihm Herberge und Kost.

Die Vater des Ortes waren zufrieden damit, daß Bierlich-August, dieser alte Vagabund, der das Arbeiten für eine Beschäftigung ansah, mit der sich nur die Dummen abgaben, bei der Leichenmutter einen Unterschlupf gefunden hatte; auf diese Weise fiel er wenigstens der Gemeinde nicht zur Last. Aber die Zungen mißvergnügter Nachbarinnen kamen nicht zur Ruhe; es galt als ausgemacht, daß Bierlich-August der Geliebte sei von Karoline Mauksch.

Der alten Frau kam dergleichen Gerede nicht zu Ohren, und wenn sie es vernommen hatte, würde sie's kühl gelassen haben. Verstehen konnte ja doch niemand, warum ihr Bierlich mehr wert war als alle andern Menschen zusammen.

Sonderbar, das mußte man sagen, war der Geschmack der Frau. Weder in Wesen noch Erscheinung hatte Bierlich-August etwas besonders Anziehendes. Seine ungeschlachte Figur war durch einen schlecht verheilten Schenkelbruch entstellt. Das rechte Bein, von oben ab verkrümmt, glich einem Sägebügel; durch die Öffnung, welche auf diese Weise in seinem Gangwerk entstanden war, konnte man immer einen Ausschnitt der jenseitigen Landschaft erblicken. Die Straßenjugend hatte das natürlich längst herausgefunden und machte es sich zum Jux, durch dieses wandelnde Fenster Steine zu werfen. Und wenn dann Bierlich-August, der das Fluchen beim Militär erlernt und auf der Walze weiter gepflegt hatte, in fürchterliche Verwünschungen ausbrach, war das Vergnügen der Rangen erst vollkommen; vor seinen Fäusten war man ja verhältnismäßig sicher, da der alte, lahme Kerl niemanden verfolgen konnte.

Seinen großen, runden Schädel schützte ein struppiges Dach von ziemlich gut erhaltenem, graugelbem Haar. Sonnabends ließ er sich rasieren; nach dem Stande seines Bartes hätte man, in Ermangelung eines Kalenders, sagen können, welcher Wochentag ungefähr sei. Vorderzähne führte Bierlich nicht mehr. Über seiner schiefgezogenen breiten, stets feuchten Unterlippe hing vom frühen Morgen ab die Tabakspfeife, auf deren Porzellankopf das Bildnis eines rotwangigen Tirolermädchens zu erblicken war.

Schon manches Jahr war verflossen, seit Karoline Mauksch und August Bierlich jung gewesen. Sie gehörten dem nämlichen Jahrgange an, waren zusammen zur Schule gegangen, waren zu gleicher Zeit eingesegnet worden, hatten dann gemeinsam auch die Jugendbälle besucht.

Es gab nicht mehr viel Leute im Dorfe, die so weit zurückdenken konnten; längst war es in Vergessenheit geraten, daß Karoline und August damals als versprochene Brautleute gegolten hatten. In der Lebensperiode, wo sich auf dem Lande die meisten jungen Leute für immer binden, in der Zeit zwischen siebzehn und zwanzig, war er mit ihr gegangen.

Dann wurde er zum Militär einberufen, und dort überlegte er sichs anders. In der Stadt gab's ja viele Mädchen; man hatte als hübscher Kerl die Wahl. Schnell war ein anderer Schatz angeschafft.

Als er das erste Mal nach Haus kam auf Urlaub, kannte er Karolinen nicht mehr. Abends in der Schenke von ihr angeredet, verhöhnte er sie vor aller Welt. Sie sähe ja aus, als habe sie mit ihrem Gesicht auf einem Rohrstuhl gesessen; damit spielte er auf die frischen Pockennarben an, die ihre Züge in der That nicht zierten.

Karoline Mauksch verließ weinend das Lokal und ward von da an nie wieder auf einem Tanzboden gesehen.

Später heiratete sie einen Witwer mit mehreren Kindern. Gut hatte sie's in der Ehe nicht. Sie bekam Prügel zu kosten vom Manne und geringschätzige Behandlung von den Stiefkindern; arbeiten mußte sie wie eine Magd. Die Kinder, die sie selbst zur Welt brachte, waren kränklich und starben früh. Schließlich wurde der Mann krank, sie pflegte ihn, bis er starb. Die Stiefkinder überließen ihr das verschuldete Haus und machten sich davon. Mochte sie zusehen, wie sie mit der verwahrlosten Wirtschaft fertig wurde.

Mutter Mauksch schlug sich schlecht und recht durch. Sie baute ihre Kartoffeln und hielt sich Ziegen, um den Grasgarten auszunutzen, der zum Häuschen gehörte. Schließlich verdiente sie sich als Leichenfrau auch ein paar Groschen.

Eines Tages in der Dämmerstunde klopfte es an ihre Thür. Sie öffnete vorsichtig zunächst nur das Schiebefenster, um nachzusehen, wer draußen sei; denn als einzelstehende Frau mußte man auf der Hut sein vor Dieben und anderen schlechten Menschen.

Ein strolchartig aussehender Bursche stand draußen. Trotz des Dämmerlichtes erkannte sie ihn sofort: es war August Bierlich.

Sie ließ ihn ein. Er war betrunken, kein ganzes Stück hatte er auf dem Leibe, alles beschmutzt und in Lumpen.

Zunächst gab sie ihm zu essen, gestattete, daß er sich bei ihr Wärme und seinen Rausch ausschlafe.

Er blieb den nächsten Tag, die nächste Woche. Abgemacht wurde nichts zwischen ihnen. Bierlich ging einfach nicht wieder fort, und sie jagte ihn nicht hinaus. Wie ein herrenloser Hund war er ihr zugelaufen. Kein Mensch dachte daran, ihn abzuholen; er gehörte zu jenen Fahrenden, die jeder nur zu gern von sich läßt, weil sie zu nichts Besserem taugen, als ordentlichen Leuten zur Last zu fallen.

Bierlich-Augusts Leben war abenteuerlich gewesen; die Penne, das Korrektionshaus, das Trinkerasyl hatte er kennen gelernt. Nicht immer war es so schlimm um seinen Wandel bestellt gewesen, es hatte auch zwischendurch Zeiten gegeben, wo er arbeitete und sein Brot verdiente. Aber diese Perioden waren immer seltener und kürzer geworden. Nachdem er Jahrzehnte hindurch die Heimat gemieden, war er endlich doch wieder dorthin zurückgekehrt. In seinem Gedächtnis schimmerte wie ein schwaches Lichtchen die Erinnerung an eine, die ihn einstmals geliebt hatte. Eine Ahnung lebte in seinem dumpfen Geiste, daß er, aus dessen Hand kein Hund einen Bissen Brot mehr nehmen wollte, bei Karoline Mauksch Barmherzigkeit finden würde und Verzeihen.

Er hatte sich nicht getäuscht, seine ehemalige Braut wies ihn nicht von ihrer Schwelle. Sie gewährte ihm Obdach und alles, was er zu seines Leibes Nahrung und Notdurft nötig hatte. Niemals litt er Mangel an Tabak für seine Pfeife. Selbst einen schwarzen Anzug mit dazu gehörigem Hut schaffte Mutter Mauksch ihm mit der Zeit an, damit er Sonntags wie andre Männer anständig zur Kirche gehen könne.

Es wäre alles wunderschön gegangen, wenn Bierlich das Saufen hatte lassen können. Was ersann Karoline Mauksch nicht alles, um ihn aus den Klauen des Schnapsteufels zu befreien. Sie ließ nach altem Rezepte einen Fisch in Branntwein verrecken und setzte Bierlich den Trank heimlich vor. Der ausgepichte Säufer goß das Zeug in seine harte Gurgel hinab wie Wasser. Nicht den geringsten Eindruck machte das auf ihn. – Sie schloß ihn in seiner Kammer ein, er stieg durchs Dachfenster aus, um ins Wirtshaus zu gelangen. Als sie dem Wirt Geld versprach, wenn er dem Menschen keinen Schnaps mehr verabreichen wolle, ging Bierlich weit über Land in andere Gasthäuser, wo er ihn jederzeit bekam. Sie versteckte das Geld vor ihm, er wußte sich zu helfen, versetzte Kleider und Hausrat und verschaffte sich auf diese Weise Mittel zur Befriedigung seiner Leidenschaft.

Mutter Mauksch führte einen fruchtlosen Kampf. Sie versuchte es mit Härte. Tagelang ließ sie ihn nicht ins Haus ein, wenn er von seinen Fahrten zurückkehrte, abgerissen und abgebrannt. Da lag er dann draußen im Garten und schlief sich nüchtern. Kam er aber und winselte um Einlaß, so nahm sie ihn schließlich doch wieder auf. Gut erging es ihm dann freilich nicht. Sie strafte den alten Sünder ab wie einen Schuljungen, und er, dem der Alkohol immer noch so viel Kraft in seinen mächtigen Fäusten gelassen hatte, um mit jedem Frauenzimmer fertig zu werden, wagte keinen Finger zu rühren gegen die Greisin.

Da kam den erzieherischen Versuchen seiner Freundin ein Unfall, den Bierlich-August erlitt, in ungeahnter Weise zu Hilfe.

Eines Nachts nämlich, als er schwer betrunken nach Haus schwankte, stürzte er von der Brücke in das Eis des gefrorenen Dorfbachs hinab, brach den Oberschenkel und lag stundenlang dort unten, bis Vorübergehende ihn bemerkten und aufhoben. Man hielt ihn für tot und schaffte ihn in das Haus der Leichenmutter.

Unter den Händen der alten Frau kam der Erstarrte wieder zu sich. Monate hindurch rang er mit dem Tode. Nur der aufopfernden Pflege, die ihm Karoline Mauksch angedeihen ließ, hatte er es zu verdanken, wenn er dem schweren Unterleibsleiden, das er sich im eisigen Wasser geholt, nicht erlag. Sein Bein blieb krumm, trotzdem es der Doktor geschient hatte. Bierlich-August war ein Krüppel geworden.

Es dauerte weitere lange Monate, ehe er den Gebrauch seines gebrochenen Beines so weit bekam, daß er sich ins Dorf wagen konnte. Man fand ihn sehr verändert, die Krankheit hatte ihn zahm gemacht. Ein Jahr lang beinahe war kein Branntwein über seine Lippen gekommen. Es war gegangen auch ohne Schnaps, was er früher nicht für möglich gehalten hätte. Am Wirtshause humpelte er jetzt mit steifem Blicke vorüber, als sähe er es nicht. Es hatte wahrhaftig den Anschein, als sei Bierlich-August von der Trunksucht geheilt.

So ging es ein paar Jahre. Jetzt, wo er ihr nicht mehr entwischen konnte, hatte ihn Mutter Manksch ganz anders im Zügel als zuvor. Sie hielt das Heft in Händen, in jeder Beziehung. Bar Geld, das er für Tabak brauchte, bekam er in die Hand gezählt, und über jeden Pfennig mußte er Rechenschaft ablegen. So wußte sie ihn in Nüchternheit zu erhalten, bis ihm die Enthaltsamkeit zur Angewöhnung wurde.

August Bierlich fing an, zu den respektabeln Leuten des Dorfes zu zählen. Hatte er doch drei Feldzüge mitgemacht. Er rückte daher mit den Jahren in die Zahl der Veteranen ein, mit denen bei festlichen Gelegenheiten paradiert wurde.

Für angestrengtes Arbeiten zeigte er auch jetzt noch keine große Neigung, aber Karoline Mauksch wußte ihn zu allerhand nützlichen Hantierungen anzustellen. Er mußte wenn sie außer Hause war, das Küchenreisig zerkleinern, den Topf am Feuer rücken, die Ziegen melken und sie mit Futter versorgen.

Die beiden Leute lebten miteinander friedlicher als manches Ehepaar. Zärtlichkeiten gab es nicht zwischen ihnen, was auch die Klatschbasen darüber hin und her erzählen mochten im Dorfe. Es vergingen Tage, wo kaum ein Wort gewechselt wurde. Mutter Mauksch war keine Freundin vom vielen Sprechen, und Bierlich liebte nicht, den Mund zu öffnen, weil er dann seine Pfeife, die er in Ermangelung von Zähnen mit den Lippen hielt, hätte loslassen müssen. Auch trug er in seinem großen Kopfe nicht allzuviel Gedanken mit sich herum. Zu den Hellen hatte er niemals gehört, und seine Erinnerungen, aus denen er manches Interessante hätte berichten können, waren ihm bei jenem verhängnisvollen Sturze auch etwas durcheinandergeraten.

Eines Tages beging der Militärverein seine Fahnenweihe. Bierlich hatte als alter Krieger eine Einladung dazu erhalten. In seinen Sonntagsachen, frisch rasiert, mit den Denkmünzen aus drei Feldzügen geschmückt, humpelte er zum Festplatz. Mutter Mauksch hatte ihm eine abgezählte Summe Geldes mitgegeben, die zu zwei Glas Bier gerade reichte. Er solle noch vor dem Dunkelwerden zurückkommen, hatte sie ihm eingeschärft.

Auf dem Festplatz war ein Podium errichtet, Masten erhoben sich, mit Eichenlaub und Tannenzweigen umwunden, Fahnen wehten, Böllerschüsse wurden abgefeuert, eine Ehrenwache präsentierte das Gewehr, weißgekleidete Mädchen schmückten die Krieger mit Schleifen und Blumen. Deputationen überreichten Bänder und schlugen Nägel in den Schaft der neuen Fahne. Dazu Musik, Trommelwirbel, Reden, Hochs und Hurras!

Es wurde einem ganz feierlich zu Mute. Und als nun gar der Herr Major die Front der Veteranen abschritt und an Bierlich, der im ersten Gliede stand, Worte der Anerkennung richtete, ihm die Hand schüttelte und ihn »Kamerad« nannte, da begann sich dem alten Knaben im Kopfe alles zu drehen. So war er sein Lebtag nicht geehrt worden.

Bier gab es in Menge, geradezu aufgenötigt wurde es einem. Bezahlen durfte man nichts; die Veteranen hatten ja Freitrunk. Es blieb daher nicht bei den zwei Glas, die ihm von der Gestrengen daheim genehmigt worden waren.

Als es dunkel wurde im Freien, begab man sich ins Wirtshaus. Bierlich wollte, eingedenk seines Versprechens, eigentlich nach Haus, aber eine Anzahl ausgelassener junger Leute nahm ihn in ihre Mitte. Man zog mit ihm im Triumphe zur Schenkstube, die er seit Jahren nicht mehr betreten hatte. Hier wurde ihm zur Feier des Tages Wein vorgesetzt. Wein, den hatte er nicht getrunken, seit er mit der Landwehr aus Frankreich zurückgekehrt war.

Nun setzte man ihm zu, er solle von seinen Kriegserlebnissen erzählen. Bierlich-August war nicht geübt im Sprechen, aber der Wein löste ihm die Zunge. Es ging ein wenig bunt durcheinander; er bramarbasierte mit seinen Heldenthaten in der Schlacht, dann wieder waren es seine Erfolge beim schönen Geschlecht in Frankreich, deren er sich rühmte. Den Champagner aber hatten sie dort getrunken aus Fässern.

Die jungen Leute, in deren Mitte er saß, stießen sich an. Man schenkte ihm frisch ein, sobald er ausgetrunken hatte.

»Bravo, August, bravo! Hast bei der Leichenmutter das Saufen doch nicht ganz verlernt!«

Da saß nun Bierlich-August mit feuerrotem Kopfe und perorierte. Bei besonderen Kraftstellen aber, wenn ihn das Gedächtnis verließ, schlug er mit der mächtigen Faust auf den Tisch, daß Gläser und Flaschen gegeneinander tanzten.

Bis ihn ein Wörtlein, das ihm ein Bekannter zuflüsterte, jählings verstummen machte.

»August, die Maukschen kommt!«

Der große Held war auf einmal sehr kleinlaut geworden. So schnell es sein Bein erlaubte, nahm er Reißaus. Die jungen Leute standen ihm bei. Er wurde nach der Hinterthür gebracht, während man die Witwe Mauksch am Eingange festzuhalten wußte.

Sie war gekommen, ihn abzuholen. Auf ihre Frage, wo Bierlich sei, bekam sie allerhand zur Antwort. Der eine behauptete: ihr

Schatz sei in der Kegelbahn und schiebe Kegel. Ein andrer wollte ihn in der Kammer der Mägde erblickt haben. Ein dritter schließlich verstieg sich zu der Behauptung: Bierlich-August sei auf dem Tanzboden und tanze einen Hopser.

Als die alte Frau sich überzeugt hatte, daß er nicht am Kneiptisch sitze, wo sie ihn sicher vermutet hatte, schlug sie den Heimweg ein, unterwegs mit der Laterne hierhin und dahin leuchtend, ob sie nicht irgendwo eine Spur von ihm entdecken könne. Eine Mutter, die ihr Kind verloren hat, hätte nicht kummervoller sein können, als sie des alten Burschen halber.

Es war Karoline Mauksch schlecht ergangen ihr Leben lang. Nur einmal war das Glück bei ihr eingekehrt, nur einmal hatte auch sie erfahren, was es heißt: von Herzen froh sein. Das war damals gewesen, als sie und Bierlich-August Liebesleute waren. Und nun, wo ein halbes Jahrhundert seitdem mit Sorgen und Plagen vergangen war, bildete diese Erinnerung den strahlenden Hintergrund, von dem in die trüben Tage des Greisenalters ein Lichtschimmer fiel. Für den Mann aber, dem sie das verdankte, wahrte Karoline im verborgensten Winkel ihres Herzens ein Gefühl unverwüstlicher Zärtlichkeit.

Es bildete den einzigen Triumph ihres Lebens, daß er nach langer Irrfahrt endlich doch zu ihr zurückgekehrt war; über nichts empfand sie mehr Befriedigung, als daß es ihr gelungen war, August Bierlich wieder zum Menschen zu machen.

Und nun hatten sie ihr den alten Kerl doch verführt! In welcher Kneipe mochte er jetzt sitzen, oder in welchem Straßengraben die Nacht verbringen? Sie erwartete das Schlimmste.

Noch in zwei andre Wirtshäuser ging sie an diesem Abend. Nirgends wollte man Bierlich gesehen haben. Gänzlich ermattet kehrte sie schließlich heim. Im Zimmer war keine Spur von ihm zu entdecken, und das Bett in seiner Kammer stand unberührt.

Den Rest der Nacht verbrachte Mutter Mauksch wachend auf der Ofenbank, auf jedes Geräusch draußen lauschend, in der Hoffnung, daß er doch noch kommen möchte. Ob er etwa Angst hatte, sich nicht ins Haus getraute? Der alte dumme Kerl! – Sie war geneigt, ihm zu verzeihen. Wenn er nur käme! Er mochte ruhig sein; prügeln würde sie ihn diesmal nicht.

Gegen Morgen begannen die Ziegen zu meckern und mit den Hörnern gegen die Bretter ihres Verschlages zu stoßen. Der alten Frau fiel ein, daß sie ja am Abend zuvor kein Futter bekommen hatten, weil Bierlich nicht zurückgekehrt war, und sie in ihrem Kummer an die Tiere nicht gedacht hatte.

Mutter Mauksch ging daher auf den Boden des Häuschens, wo in einer Ecke der Heuvorrat lag. Sie nahm ein Paar Armvoll. Dabei berührte sie einen nachgiebigen Gegenstand im Heu. Nun untersuchte sie den Haufen näher; siehe da, es kam eine Hand, ein Arm zum Vorschein!

Hatte er sich hier versteckt vor ihr und schlief seinen Rausch aus! Und noch dazu in den Sonntagsachen! – das war der Alten doch außer dem Spaße.

»Steh auf, besoffenes ...!« rief sie und wollte ihn emporreißen. Aber der Körper war schwer und plump, kalt fühlte er sich an.

Die Leichenmutter hätte wohl wissen können, was solche Anzeichen zu bedeuten hatten; trotzdem befühlte sie ihn lange, ehe sie es sich eingestand: er war tot, mausetot!

Mit zitternden Händen zog sie den schweren Mann unter dem Heu hervor, mühselig schaffte sie ihn die Treppe hinab ins Zimmer. Sie hätte ja Nachbarn herbeirufen können zur Hilfe, aber das wollte sie nicht. Keinen Menschen ging das hier etwas an. Der Tote gehörte ihr zu.

Sie that an ihm, was sie an Hunderten von Leichen gethan hatte; that es ordentlich und gründlich, mit der Sachlichkeit, die ihr zur Gewohnheit geworden war. Keine Thräne netzte ihre hageren, pockennarbigen Wangen. Sie nahm das Geschehene als Schicksal hin. Einmal hätte er ja doch sterben müssen, und es war schließlich besser für ihn, daß er vor ihr gegangen war. Denn was wäre aus ihm geworden ohne sie! –

Schwer gelitten schien er nicht zu haben; die Züge des alten Burschen, ihr so wohl vertraut, waren friedlich. In seiner Brusttasche steckte die geliebte Pfeife. Als ob er geahnt hätte, daß es die letzte sein würde, die er geraucht, hatte er sie noch gründlich gereinigt, ehe er zu der Fahnenweihe ging. Rasieren hatte er sich auch lassen, der Feier zu Ehren. Kurz, Bierlich-August war wohl vorbereitet zu der letzten Reise.

Als Mutter Mauksch mit allem fertig war, ließ sie sich neben der Leiche nieder. Sie betrachtete ihn lange, wie er so dalag, ihr Liebster.

Nun kam doch auch etwas Salziges in die alten Augen. Sie seufzte. Jetzt war das Leben für sie wertlos geworden.

Sie würde keine Leiche mehr anrühren hiernach. Für wen sollte sie sich jetzt noch abquälen, für wen sorgen und schaffen? – Der Entschluß stand fest: heute noch wollte sie ihr Amt kündigen.

Für sie galt es nun warten; warten, bis auch bei ihr der Freund anklopfen würde, der keinen vergißt.

Das Glück der »Riegels von Petersgrün«

Ich war ersucht worden, über den Wert eines ländlichen Grundstückes, das erbteilungshalber verkauft werden sollte, ein Gutachten abzugeben; das führte mich nach Petersgrün.

Der Ort liegt etwas abseits, in einem zwischen zwei Hügelketten muldenartig eingesenkten Thale. Die Häuser ohne einheitlichen Plan, einzeln und willkürlich an dem gewundenen Wasserlaufe hin verstreut. Meist sind es Bauerngehöfte mit stattlichen Scheunen und Stallungen, dazwischen eingesprengt die bescheideneren Anwesen der Häusler und Gartennahrungsbesitzer; diese Behausungen der Kleineren zwar ohne Wirtschaftsgebäude, aber mit schmucken Vorgärten versehen, in denen Rosenbäumchen an weißen Stäben blühen. Nach hinten hinaus erhebt sich dann meist der hölzerne Anbau, in dem als treue Hausgenossen: Schweine, Ziegen, Kaninchen und andere nützliche Tiere, ihr beschauliches Dasein verbringen.

Ich war noch nie in meinem Leben in dieses Dorf gekommen. Gehört hatte ich davon; es war mir erinnerlich, daß mein Vater zu sagen pflegte: in Petersgrün kämen viele Raufereien vor und nirgends in der Gegend brenne es so häufig wie dort. Allerdings, es war manches Jahr her, daß mein Vater das gesagt, aber im Gemüte des Kindes hatte die väterliche Behauptung einen so tiefen Eindruck gemacht, daß ich mich im stillen wunderte, die Petersgrüner genau so aussehend zu finden, wie die meisten Leute ringsum in der Gegend, nämlich: gutmütig und durchaus friedlich. Kein Mensch auf der langen Dorfstraße begegnete mir, den ich für einen Raufbold oder Mordbrenner hätte ansprechen mögen.

Das Dorf machte an einem sonnigen Herbstnachmittage mit seinen hellroten Ziegeldächern, seinen schieferbekleideten Hauswänden – Strohdach und Lehmwand waren ganz im Schwinden – mit gutgehaltener Fahrstraße und wohlreguliertem Wasserlaufe einen sauberen Eindruck.

Der Ortsvorstand war Landwirt. Sein Hof hätte ein. kleines Rittergut auch nicht verunziert, mit seinen weißgetünchten Steinwänden, den breiten, braungestrichenen Scheunthoren – deren man drei zählte – der gemauerten Dungstätte, dem offenen Schuppen mit der stattlichen Wagenburg: dazu mancherlei Maschinen, die dafür sprachen, daß der Besitzer mit der Zeit fortgeschritten sei. Dabei war das Wohnhaus nicht prunkhaft, es wies noch die altväterisch gemütliche Holzstube auf. Das Dach, mit schwarzblauem Schiefer abgedeckt, zeigte ein mit helleren Platten durchwirktes buntes Muster. Solche lustige wie von Kindern ausgeführte Schieferbildchen waren nichts Seltenes in Petersgrün; sie gaben den Häusern etwas ungemein Schmuckes und Freundliches. Als ich durch die Hausthür schritt, fiel mir der Deckstein der granitnen Thüreinfassung auf. Der Name des Erbauers und die Jahreszahl der Errichtung waren darein eingehauen. Das Haus stand jetzt an vierzig Jahre. Der es erbaut hatte, war Leberecht Riegel.

Der Name Riegel war mir bereits aus den Grundakten bekannt, die ich studiert hatte, um für mein Gutachten vorbereitet zu sein. Nicht bloß der Gemeindevorstand hieß Riegel, sondern mindestens ein Dritteil der Gemeinderatsmitglieder führte diesen Namen. Das war also offenbar gegenwärtig die dominierende Familie in Petersgrün.

Der Ortsvorstand, der auf mein Kommen vorbereitet war, führte mich sofort zu dem fraglichen Grundstück. Das Umschreiten der Grenzen und das Begehen der Felder nahm einige Zeit in Anspruch, ebenso die Besichtigung der Gebäude, so daß der Nachmittag herangekommen war, ehe wir zur Wohnung des Gemeindevorstandes zurückkehrten, bei dem ich mir einige Notizen über das Geschehene niederschreiben wollte.

Vorstand Riegel, ein älterer, in diesen Dingen wohlbewanderter Mann, erleichterte mir meine Arbeit sehr durch seine schnellen und treffenden Antworten. Ich hatte inzwischen im Dorfe noch einige andere seines Namens kennen gelernt; ein Bruder war Besitzer des stattlichen Gasthofs und stand an der Spitze des Konsumvereins, ein anderer Riegel war Feuerwehrkommandant und hatte die Postagentur, ein dritter war Landwirt und dabei Vorsitzender der Sparkasse. Kurz, was es im Orte an nützlichen und zukunftsfrohen Einrichtungen gab, schien alles mit den Riegels zusammenzuhängen. Die Familienähnlichkeit war groß; sämtlich waren sie mittelgroße untersetzte blonde Männer, mit dem Biedermannsgesicht des deutschen Bauern, das unter Umständen auch eine Maske sein kann, wenn es unter unverdächtiger Behäbigkeit eine gehörige Portion Schelmerei und Pfiffigkeit verbirgt.

Tüchtig waren diese Leute, so viel war klar, und auf ihren Vorteil verstanden sie sich auch. Ich liebe nun mal die klugen Männer, die sich durchzusetzen wissen. Klug war der Gemeindevorstand Riegel, und klug waren alle, die ich von seiner Rasse in Petersgrün kennen gelernt.

Ich wies das Vesperbrot, das mir angeboten wurde, nicht ab. Wir kamen bei Kaffee, Butterbrot, Wurst und Branntwein, die mir gleichzeitig vorgesetzt wurden, ins Plaudern.

Ich fragte den Vorstand, was das eigentlich mit dem schlechten Rufe auf sich habe, in dem die Petersgrüner gestanden, und berief mich da auf die Autorität meines Vaters. Der Mann war nicht im geringsten beleidigt und meinte: früher seien sie auch nicht die besten gewesen, aber darin habe sich inzwischen vieles gebessert. Vor allem aufs Feueranlegen hätten sich die Leute in der alten, guten Zeit hier aus dem FF verstanden. Die Feuerversicherungsgesellschaften hätten sich schließlich geradezu geweigert, aus Petersgrün noch Anträge anzunehmen. Es sei nichts Seltenes gewesen, daß ein Bauer heute zur Stadt gefahren, um die eingebrachte Ernte zu versichern, und wenige Tage darauf schon war seine Scheune in Flammen aufgegangen.

»Ja, wurde denn das gar nie entdeckt?« fragte ich.

»Die Leute hielten zusammen und verrieten nichts,« war die Antwort. »Die Bauern waren dahinter gekommen, daß es viel einfacher sei, sein Korn auf diese Weise zu Geld zu machen, statt es erst mühsam auszudreschen. Und wenn einer neu aufbauen wollte, sparte er sich auch gern das Abreißen. – In der trockenen Jahreszeit brannte es monatlich mindestens zwei-, dreimal im Orte. Noch als mein Vater hierher kam, war das im Schwange.«

»Ihre Familie stammt wohl also gar nicht aus Petersgrün?« warf ich ein.

Der Vater sei zugezogen, erwiderte er, und nannte einen Ort, der mindestens zwanzig Kilometer tiefer im Gebirge lag. Früher habe es in Petersgrün den Namen »Riegel« überhaupt nicht gegeben; jetzt seien sie, wenn er alles: Kinder, Enkel und Urenkel beiderlei Geschlechts zusammenrechne, einige Siebzig.

»Und wie lange ist denn Ihr Vater schon tot?« fragte ich.

»Der lebt noch und ist ganz munter. Dort können Sie ihn gerade sehen.«

Ich blickte, der ausgestreckten Hand des Vorstandes folgend, zum Fenster hinaus und sah einen alten Mann in Hemdsärmeln, einen Rechen über der Schulter, von der offenen Hofseite her langsam auf das Haus zukommen. Er schritt etwas gebückt, sonst aber völlig sicher einher.

»Wie alt ist denn Ihr Vater?« fragte ich staunend.

»In den Achtzigen hat er nicht mehr viel zu suchen,« war die Antwort.

Und nun trat der alte Mann selbst ins Zimmer, »die Würde in Person«, mußte ich denken, als ich in dieses bartlose, von hundert Falten bedeckte Gesicht blickte, mit seinen tiefliegenden, schwarzumschatteten Augen, dem beinahe kahlen Kopfe, den nur noch im Genick ein Paar Haarsträhne, wie weiße Federn, umstanden.

Sowie der Greis sah, daß Besuch da war, sagte er dem Sohne, er solle ihm seine Jacke reichen; verhältnismäßig schnell schlüpfte er hinein. Der Vorstand erklärte ihm kurz, wer ich sei und was ich hier wolle. Aus dem bis zum Schreien lauten Sprechen in seiner Gegenwart schloß ich, daß der alte Riegel so gut wie taub sein müsse. Er nickte mit dem Kopfe und setzte sich zu uns. Unwillkürlich schwiegen wir, um dem Alten das Wort zu lassen. Er bemerkte einiges über das Wetter, und daß heuer das Grummet, in dem er eben gearbeitet, gut sei; dann sprach er auf einmal mit einem plötzlichen Gedankensprunge vom Jahre 1835, erzählte uns, wie damals im Herbste die Witterung gewesen sei. Darauf schwieg er, mit leeren Augen, als sei der Gang seiner Gedanken unterbrochen.

Ich erfuhr von dem Sohne, daß der Vater an dreißig Jahre Ortsvorstand in Petersgrün gewesen sei, vor noch gar nicht langer Zeit erst habe er das Amt niedergelegt, weil sein schlechtes Hören doch allzu sehr gestört habe. Wir unterhielten uns ganz unbefangen über alles den Alten Betreffende, denn er konnte uns ja doch nicht verstehen. – Ganz arm sei der Vater hierher gekommen, habe das Gut nur kaufen können, weil soviel Schulden darauf gewesen, und selbst die geringe Anzahlungssumme habe er sich noch zusammenborgen müssen.

Ich sprach meine Verwunderung darüber aus, wie es möglich gewesen sei, sich aus so mißlichen Verhältnissen emporzuarbeiten zum schönen Wohlstande, wie er jetzt die Familie zu umgeben schien.

Vorstand Riegel meinte: »Ja, der Alte hat es eben verstanden; und dann, sehen Sie, brannte er ja auch ab! – Wer den alten Hof damals gesehen hat, glaubt es einfach nicht, wenn er jetzt unsere Gebäude sieht; so hat sich alles geändert.«

Er erzählte noch weiter, aber ich hörte ihm nicht mehr zu. Mich hatte es unangenehm berührt, wie er von jener Brandkatastrophe sprach, die er recht eigentlich als ein Glück für seine Familie zu betrachten schien. Ein Verdacht hatte mich erfaßt und ließ mich nicht wieder frei. Nun auf einmal sah ich die Erfolge der Riegels in ganz verändertem Lichte. Ihre Augen zeigten eben doch nicht umsonst jenen pfiffigen Bauern-Ausdruck.

Der Greis war aus seinem Hindämmern aufgewacht und fragte den Sohn, wovon die Rede sei. Der beugte sich ganz, zum Vater hinüber und schrie ihm ins Ohr: »Ich erzähle dem Herrn, wie unser Hof abbrannte.«

Das Gesicht des Alten erhellte sich bis in seine letzte Runzel; mit einem Nicken der Befriedigung sagte er: das wären damals schlimme Zeiten gewesen, wo keines Menschen Dach sicher geblieben vor ruchloser Hand. Und dann fing, er an, allerhand auszukramen aus seiner Altmänner-Erinnerung, wie es ehemals zugegangen in Petersgrün und in der Welt überhaupt.

Aber meine unbefangene Freude an diesen Leuten war gestört. Der Greis da vor mir, der die Ehrenkrone des Alters auf dem Haupte trug, konnte, wenn man ihn sich näher betrachtete, auch ganz anders als ehrwürdig erscheinen. Hinter seinen dunklen Augenhöhlen mochte manch düsteres Geheimnis ruhen.

Da meine Geschäfte erledigt waren, verabschiedete ich mich und begab mich zum Gasthofe, von dem aus mich die Personenpost zur nächsten Bahnstation bringen sollte.

Gastwirt Riegel versuchte mich zwar in ein Gespräch zu verwickeln, darüber, ob Aussicht sei, daß der Ort bald die längst erwünschte Bahnverbindung vom Landtage bewilligt erhalten werde – offenbar nahm er an, daß ich auf diese Dinge Einfluß habe – aber ich blieb einsilbig und sann über Verschiedenes nach, was ich im Laufe des Tages in Petersgrün gesehen.

Im letzten Augenblicke, als die Pferde schon angezogen hatten, kam in ziemlicher Entfernung ein Mann die Dorfstraße herabgelaufen, winkend und rufend. Ich brachte den verschlafenen Kutscher dazu, anzuhalten. Atemlos vom Laufen sprang ein junger Mensch in den Wagen und dankte mir für meine Freundlichkeit, die ihm das Mitfahren ermöglicht habe.

Wir kamen ins Gespräch, und da ich den Mann seinen Kleidern und seiner Sprechweise nach nicht für ein Dorfkind halten konnte, sprach ich mich offener, als ich es sonst wohl gethan haben würde, über Petersgrün und seine Bewohner aus. Ich erwähnte auch, daß mir in diesem Orte alle Macht und alles Vermögen bei einer Familie zu ruhen scheine.

»Sie meinen die Riegels?!« sagte er und lächelte. »Recht haben Sie übrigens! Augenblicklich sind wir in Petersgrün entschieden die Leute an der Spritze. Ich bin nämlich auch ein Riegel.«

Natürlich sah ich mir den jungen Menschen daraufhin etwas näher an. In der That, er trug die Familienzüge, wenn auch ins Verfeinerte übersetzt. Er sei der jüngste Sohn des Postagentur-Riegel, von Beruf Mediziner, erzählte er, und habe sich vor Kurzem in seiner Heimatgemeinde als praktischer Arzt niedergelassen.

»Nun fehlt eigentlich nur, daß Sie auch noch das Pfarramt aus Ihrer Familie besetzen!« sagte ich.

»Was nicht ist, kann noch werden!« sagte Doktor Riegel schmunzelnd. »Einer meiner Vettern studiert Theologie; unser jetziger Herr Pastor ist nicht mehr der Jüngste. – Wer weiß!« –

So kamen wir aus einem ins andere. Hier hatte ich ja den Mann, der mir Aufklärung geben konnte! Ich lenkte das Gespräch absichtlich auf den Großvater Riegel; das seine Persönlichkeit umgebende Geheimnis war mir doch das Interessanteste vom allem. Wäre es wirklich möglich, daß Glück und Gedeihen eines ganzen Geschlechtes aufgebaut sein sollten auf einem Unrecht? – Und wenn so, wußten es die Enkel? und wie stellten sie sich zu dem, was Zeit und Erfolg gewissermaßen sanktioniert hatten? – Das festzustellen, schien mir der Mühe wert.

Doktor Riegel that mir den Gefallen, auf meine Fragen einzugehen. Er sagte: »Es ist ja nicht seine Tüchtigkeit allein gewesen, wodurch sich unser Großvater emporgebracht hat; er hat auch Glück gehabt. Aber, daß er das Glück nützte, war wieder sein Verdienst. Mein Großvater gehörte eben nicht zu jenen, die das Glück nicht zu halten wissen. – Wollen Sie hören, wie es ihm ergangen ist?«

Ich war nun doppelt neugierig und bat, daß er mir die Geschichte des alten Mannes erzählen möge.

*

Leberecht Riegel war der Sohn eines einfachen Pferdeknechtes. Er hatte den Beruf seines Vaters ergriffen, war aber nicht der Mann dazu, dort ruhig stehen zu bleiben, wo ihn die Geburt hingestellt. Durch Fleiß, Geschick und Umsicht hatte er sich nach und nach zur Stellung eines Gutsvogts emporgearbeitet. Dann heiratete er die Tochter eines Handelswebers, der einen schwunghaften Handel mit Leinwand betrieb, sich gern »Fabrikant« nennen ließ und für wohlhabend galt. Leberecht Riegels brennender Wunsch war es von früh auf, aus der dienenden Stellung herauszukommen und sich ein eigenes Anwesen zu erwerben. Das Geld, das er daraufhin sparte, übergab er seinem Schwiegervater, dem Leinwandhändler, der es ihm gut verzinste. Leberecht hatte sein Augenmerk auf verschiedene Bauerngüter der Nachbarschaft gerichtet, deren Besitzer infolge schlechter Wirtschaft oder aus anderen Gründen wackelig standen. Da, als er seinem Ziele schon ganz nahezu sein glaubte, brach sein Schwiegervater zusammen; er hatte unglücklich in ausländischen Werten spekuliert. Es stellte sich heraus, daß außer seinem Vermögen auch die Einlagen des Schwiegersohnes zum Teufel gegangen waren.

So war es denn mit dem Ankaufen zunächst nichts. Leberecht Riegel zog den Leibriemen etwas fester an und hing sich und seiner Familie – inzwischen waren drei Jungens bei ihnen angekommen – den Brotkorb noch höher als bisher. Dann hörte er durch einen Bekannten zufällig von einem großen Bauerngute, das für einen Pappenstiel zu haben sein sollte. Es sei verwahrlost, aber einer, der sich aufs Wirtschaften verstünde, könne schon noch etwas daraus machen, hieß es.

Das war etwas für Leberecht Riegel! Er fuhr nach Petersgrün, besah sich die Sache, borgte sich dann von einem Getreidehändler in der Stadt, der seine Kreditfähigkeit erkannt hatte, gegen hohe Verzinsung eine Summe und erstand den Bauernhof.

Nun war er mit vierzig Jahren das, was er sich all sein Lebtag ersehnt hatte: selbständiger Grundbesitzer.

Viel zwar gehörte ihm nicht von seinem Gute, und das, was da war, sah traurig genug aus. Das Feld verunkrautet und düngerarm, die Wiesen versauert, die Gebäude dem Einsturze nahe. Aber dem war abzuhelfen; den Quecken konnte man mit Pflug und Egge zu Leibe gehen, die Wiesen ließen sich durch Gräben entwässern, und die Gebäude waren mit Einflicken wetterfest zu machen. Freilich mußte man jeden Strohhalm zu Rate ziehen, keine Minute durfte in Müßiggang zugebracht werden. Frau und Kinder wurden zur Arbeit angespannt mit den Zugtieren um die Wette. Galt es doch nun mal den Kampf ums Dableiben; da durfte nichts geschont werden. Seine Jungens – es waren ihrer inzwischen fünf geworden – mußten ihm dienen wie die Knechte. Der älteste hatte die Pferde, der zweite die Ochsen, der dritte versah mit der Mutter zusammen das Melken, denn eine Magd konnte man sich nicht halten. Und selbst die beiden Kleinen mußten sich in Haus und Hof mit Laufen, Ziehen, Schleppen und allerhand Handreichungen nützlich machen.

So brachte Leberecht Riegel langsam aber sicher sein Gut empor, mit jedem Jahre wurden die Erträge besser, er konnte seine Zinsen bezahlen und anfangen, Schulden zu tilgen.

Eigenartig war die Stellung, die der Neuhinzugezogene den Bauern von Petersgrün gegenüber einnahm. Man hätte denken sollen, daß die Gemeinde eine rüstige und strebsame Familie, wie die Riegels, mit Freuden müßte aufgenommen haben; aber das Gegenteil war der Fall. Mit Mißtrauen betrachtete man die Fremdlinge. Die Art, wie der Riegelbauer die Wirtschaft anfaßte, handfest und durchgreifend, war etwas Neues in Petersgrün und widersprach durchaus dem Schlendrian, der hier bei den meisten Wirten üblich war. Aber auch in anderer Beziehung zeichnete sich der Fremde als ein schwarzes Schaf ab von der übrigen Herde; er ging nicht ins Gasthaus, beteiligte sich nicht an den in Petersgrün so beliebten Saufereien und Prügeleien, und was dem Faß den Boden ausschlug, er trat auch nicht der Feuerwehr bei.

Die freiwillige Feuerwehr war der wichtigste Verein in Petersgrün. Allerdings wollten böse Zungen behaupten, daß bei dieser Gesellschaft das Löschen des Durstes eine bei Weitem wichtigere Rolle spiele, als das Bekämpfen des feurigen Elementes. Und auch noch allerhand andere, freilich unerwiesene Behauptungen, gingen in der Nachbarschaft von Mund zu Mund, zum Beispiel daß die Petersgrüner Feuerwehr bei solchen ihrer Mitglieder, von denen bekannt, daß sie hoch versichert seien, gern zu spät komme. – Wie dem auch sei! Jedenfalls schien das Dasein eines solchen Vereins in Petersgrün nur zu berechtigt; denn nirgends in der Gegend brannte es so oft, wie gerade in diesem Dorfe. Der freiwilligen Feuerwehr gehörte alles an, was irgend Anspruch auf Ansehen machte in der Gemeinde. Der Ortsvorstand, Schade mit Namen, war Feuerwehrkommandant. Der Gastwirt, der Gemeindeälteste, sämtliche Bauern waren dabei und trugen die schmucke Vereinsuniform bei jeder möglichen und unmöglichen Gelegenheit zur Schau.

Vorstand Schade und der Riegelbauer waren Nachbarn. Es war noch kein halbes Jahr vergangen, da lebten sie im schönsten nachbarlichen Streit. Einmal waren Hühner von Riegels zu Schades durch den Gartenzaun gelaufen und hatten – wie Hühner zu thun pflegen – dort gescharrt, worauf Schade mit Schrot unter sie schoß, daß ein schöner Hahn und zwei Hennen auf dem Platze liegen blieben. Dann, als die Pflaumen bei Riegels reif waren, machten es die Schadeschen Jungen den Hühnern nach, brachen durch den Grenzzaun, in der Absicht, sich die Taschen vollzustecken. Riegel überraschte sie dabei und regalierte sie mit einer tüchtigen Tracht Prügel.

So ging das feindliche Geplänkel hinüber und herüber zwischen den beiden Nachbargrundstücken.

Eines Tages, im August – die Getreideernte war bereits eingebracht – sah Leberecht Riegel, der auf seinem Felde den Stoppel stürzte, vom Dorfe her eine Rauchsäule aufsteigen. Es war in der Richtung seines Hauses.

Er warf seinem Jüngsten, den er zum Stoppelrechen mit draußen hatte, die Zügel zu und rannte querfeldein, so schnell ihn seine Beine trugen, dem Dorfe zu. Als er auf dem Kamme des Feldhügels ankam, erkannte er, daß sein Nachbar Schade brenne. Niemand schien bisher etwas bemerkt zu haben, das halbe Dorf war ja heute draußen; kein Stürmen vom Turme, kein Feuersignal!

Riegel lief auf das brennende Gehöft zu. Die Scheune war schon halb nieder. Eben drohte die Flamme zum Stall überzuspringen. Kein Mensch im ganzen Hofe! Als er in den Stall eindringt, findet er ihn leer. Es fällt ihm ein, daß er früh Morgens die ganze Familie Schade mit allem Lebendigen, was sie besaßen: Kühen, Kalben, Kälbern, Schweinen, Gänsen, zur Weide hatte ausziehen sehen. Im stillen hatte er sich noch gewundert über diese ungewöhnliche Maßregel. Die Pferde- und Ochsengespanne waren ebenfalls draußen.

Riegel läuft ins Wohnhaus. Dort ist Frau Schade. Sowie sie des Nachbars ansichtig wird, fängt sie an, überlaut zu weinen und zu schreien, das entsetzliche Unglück beklagend, das sie betroffen. Riegel ruft ihr zu: wo ihr Mann das Signalhorn aufbewahre? und bläst, als ers erlangt, so gut er kann, das Alarmsignal darauf. Seine eigenen Söhne sind die ersten, die herbeigeeilt kommen; mit ihrer Hilfe fängt er an, das Wohnhaus auszuräumen.

Jetzt kommen allmählich Leute von den Feldern herein. Vom Turme her ertönt die Sturmglocke, nach und nach erscheint auch die Feuerwehr am Platze und sucht sich einen Fleck zum Aufstellen der Spritze. Aber, siehe da, die Pfütze, auf der sonst Schades Gänse und Enten lustig umherschwammen, ist heute trocken. In das schmale Rinnsal, das durch den Garten läuft, den Sauger zu legen, scheint unmöglich. Da weiß Leberecht Riegel Rat; eins, zwei, drei, ist ein Damm aus Rasenstücken aufgeworfen, das Wässerchen gestaut und die Spritze an den Tümpel gestellt, der sich schnell sammelt. Nun übernimmt er das Kommando. Auf den am meisten gefährdeten Giebel des Stalles wird der Wasserstrahl gerichtet. Wie ein kleiner Bach rieselt es bald vom Dache herab.

Jetzt kommt auch der Besitzer des brennenden Hofes vom Felde herein. Dunkelrot vor Zorn schreit er die Leute an, sie sollten sofort innehalten, er sei ihr Kommandant, sie hätten auf keines anderen Befehl zu hören. Dann brüllt er dem Nachbar zu, er möge sich wegscheren, er habe bei ihm nichts zu suchen.

Leberecht Riegel würde dieser Aufforderung schwerlich Folge geleistet haben, wenn nicht eben jetzt seine eigene Frau zu ihm herübergestürzt gekommen wäre, anzeigend, daß bei ihnen auf dem Scheunendache Funken lägen, die jeden Augenblick das Stroh in Brand setzen könnten. Nun freilich eilte Riegel mit seinen Söhnen dem eigenen gefährdeten Hofe zu.

Es war die höchste Zeit. Vom First der Scheune stieg bereits eine kleine weißliche Rauchsäule kerzengrade in die Luft empor. Schnell ist die Leiter angelegt, der Vater klettert hinauf, einer der Jungen stellt sich an die Wasserpumpe, zwei andere eilen mit Stalleimern die Sprossen hinauf und herab. Der Vater rittlings auf dem Dache sitzend, gießt und schlägt mit einem Brette die immer noch von der Brandstätte herüberstiebenden Funken aus.

Auf diese Weise gelang es den Riegels in gemeinsamer gewaltiger Anstrengung, der Gefahr Herr zu werden. Drüben bei Schades brannte auch noch der Stall nieder. Nur das mit Ziegeln abgedeckte Wohnhaus blieb stehen.

Obgleich, wie gesagt, Schadenfeuer in Petersgrün nicht zu den Seltenheiten gehörten, hatte der Hergang diesmal doch großes Aufsehen erregt. Das Gelage im Gasthofe, das jeder Feuersbrunst zu folgen pflegte – die Feuerwehr legte dort ihre rühmlich erworbene Prämie in Bier und Branntwein an – dauerte diesmal besonders lange. Stoff zu erregter Unterhaltung gab Leberecht Riegels ungewöhnliches Verhalten. Daß der Mann versucht hatte, beim Nachbar zu löschen, schien noch am ersten begreiflich; war er doch mit Schade verfeindet. Aber daß er dann die eigene Scheune, die doch schon so wundervoll brannte, gerettet hatte, blieb allen ein Rätsel. Bis schließlich einer auf den schlauen Einfall kam: sollte Riegel etwa nicht versichert haben?!

Natürlich, das war es auch! Der Geizhals hatte nicht versichert; wahrscheinlich reute ihn die jährliche Prämie, die zu zahlen war. So ein dummer Kerl! Die Prämien kamen doch hundertmal wieder raus, wenn man den Wiederaufbau bezahlt bekam, und überdies noch das Geld für versichertes Getreide und Futtervorräte. Was man davon in der Nacht zuvor zum gefälligen Nachbar geschafft, konnte ja niemand kontrollieren. Das Endurteil der im Gasthof von Petersgrün versammelten Zechkumpane war, daß Leberecht Riegel ein viel dümmerer Kerl sei, als man bisher gedacht hatte.

Der Schadesche Hof stieg neu aus der Asche empor, schöner und fester, als er vorher gewesen war. Aber auch beim Nachbar Riegel besserte sich, obgleich er nicht abgebrannt war, mit der Zeit manches an den Gebäuden. Ob Leberecht Riegel inzwischen versichert habe, wußte niemand. Als ihn ein Neugieriger mal darüber auszufragen versuchte, lachte Riegel eigentümlich und meinte: an einem Orte, wo man eine so erprobte Feuerwehr habe, sei es ganz unnötig, zu versichern.

Er war ein schwer zu durchschauender Mensch! Mit Vorliebe machte er alles anders, als die übrigen Petersgrüner. Für die Landwirtschaft führte er Maschinen ein, die hier bisher noch keines Menschen Auge gesehen hatte. Oft fuhr er weit über Land, blieb tagelang aus, dann kam er mit wohlgepacktem Planwagen wieder. Man fragte ihn: was er in den Säcken da hätte. Die Antwort lautete: Phosphor, Kalk und Salpeter! – Was er denn damit anfange? Damit wolle er seine Felder düngen. Man prophezeite ihm, daß er sich alles verbrennen werde mit dem giftigen Zeuge; aber, siehe da, er machte im Jahre darauf wieder die beste Ernte.

Gelegentlich spielte er den Petersgrünern auch mal einen Possen. Wiederholt hatte die Feuerwehr bei ihm angefragt, ob er ihnen nicht beitreten wolle. Eines Tages nun sagte er zu, und lud den Verein zu sich ein: er wolle ihnen ein Fest geben. Dazu waren sie alle natürlich gern bereit. Als sie im festlichen Zuge antraten, der Kommandant an der Spitze, führte er sie in seine Scheune. Da stand ein bekränztes Faß. Feierlich wurde der Hahn angesetzt. Eine helle Flüssigkeit sprudelte heraus. Aber, als man es kostete, schmeckte es genau so wie Petersgrüner Brunnenwasser.

Ein anderer als Riegel hätte so etwas nicht wagen können; aber der Mann stand unangreifbar da. Jeder am Orte hatte sein Teil Werg am Rocken; von Leberecht Riegel wußte niemand etwas Unrechtes. Ihn zu überfallen und Lynchjustiz an ihm zu üben, schien aber auch nicht rätlich, denn er hatte seine Söhne, die in Handfestigkeit nach dem Vater geraten waren. So ging ihm denn selbst dieser Streich ungerochen hin.

Die Feindschaft mit dem Nachbar Schade war in den letzten Jahren nicht eingeschlummert. Überall in der Wirtschaft, in Gemeindeangelegenheiten, in allen Dingen, fühlte der Vorstand den Einfluß des verhaßten Nachbarn gefährlich wachsen und den seinen langsam, aber sicher verdrängen; denn nun, wo die Leute Erfolge sahen, fand Riegels Thätigkeit auch allmählich Anerkennung. Man wählte ihn sogar in den Gemeinderat; dort lagen die Dinge verworren genug, und das Eingreifen eines tüchtigen Mannes that dringend Not.

Eines Tages im Spätsommer trat Leberecht Riegel wieder mal eine seiner Reisen an, diesmal zum Viehhandel. Er nahm dazu seine beiden ältesten Söhne mit. Haus und Hof übergab er den drei Jüngeren. Die Mutter hatte das Zeitliche gesegnet; Leberecht war Witwer.

Die Jungens hatten reihum die Stallwache; so wollte es der Vater. In der dritten Nacht, nachdem der alte Bauer fort, schlief Karl bei den Pferden. Plötzlich wachte er auf von einem Knistern und Krachen.

Der ganze Stall ist voll Rauch, er sieht durch den Qualm einen rötlichen Schimmer. Halbbetäubt rafft er sich auf, eilt ins Wohnhaus, weckt die Brüder. Und nun machen sich die beherzten Burschen daran, das Vieh loszukoppeln. Das ist nicht leicht, denn die Tiere sind störrisch, brüllen vor Angst und müssen an den Hörnern zu der engen Stallthür herausgezerrt werden. Inzwischen kommen schon Sparren und glühende Holzteile herniedergeregnet vom Dachstuhle. Kaum ist die letzte Kuh aus dem Stalle gezogen, so bricht das Gebälk krachend zusammen.

Nachbarn sind herbeigeeilt, man läuft und schreit durcheinander. Wo bleibt die Feuerwehr? Wo ist der Kommandant? – Man eilt in das Schadesche Haus. Die Frau sagt, sie habe ihren Mann seit Mittag nicht gesehen, er werde wohl unten im Gasthof sitzen.

Schon steht auch die Scheune in hellen Flammen, mit der ganzen Ernte. Die Garben stiegen, als hätten sie Leben bekommen, raketengleich zum Dache hinaus. Das Wohnhaus fängt in der Holzverschalung an zu glimmen. Sämtliche Fenster sind gesprungen. Die Jungens machen sich daran, den Hausrat auszuräumen, und manche Hand ist ihnen dabei behilflich.

Jetzt kommt endlich die Feuerwehr angerasselt, die Spritze wird an den Ententümpel gesetzt, schnell ist der Schlauch angeschraubt, vier kräftige Männer stehen am Schwengel; auf Befehl des Kommandanten, der sich endlich auch herbeigefunden hat, beginnen sie zu pumpen. Aber der Schlauch füllt sich nicht, bleibt trocken, während doch der Sauger Wasser zieht. Noch einmal wird der Versuch gemacht; kein Wasserstrahl kommt. Etwas am Pumpwerk muß in Unordnung geraten sein! Ist kein Schraubenschlüssel da? Natürlich nicht! Ratlos stehen die Männer. Der Kommandant schimpft und tobt und verflucht den Spitzbuben, der so etwas angestiftet hat; denn hier liegt ein Bubenstück vor, darüber kann ja kein Zweifel sein.

Und währenddessen erfaßt die Flamme auch das Wohnhaus. Bald brennt es lichterloh. Leberecht Riegel ist also zum Bettler geworden; denn wie männiglich bekannt, hat er nicht versichert.

Inzwischen ist es gelungen, die Feuerspritze auseinanderzunehmen. Ein Ventil fehlt. Von neuem ergeht sich Schade in wilden Verwünschungen über die Durchtriebenheit des Thäters, der sein Handwerk nur zu gut verstanden habe.

Ehe die Spritze wiederhergestellt, ist das Haus bis auf die Grundmauer niedergebrannt.

Im Laufe des nächsten Tages kam Leberecht Riegel nach Petersgrün zurück. Die Kunde von dem Unglück war ihm bereits entgegengeeilt. Man war gespannt, wie er es hinnehmen würde. Riegel blieb völlig ruhig. Am selbigen Tage noch ging er umher bei Baumeistern, Zimmerleuten und Maurern und besprach den Neubau;

denn er wollte noch vor Beginn des Winters unter Dach und Fach sein. Und weiter nach einigen Tagen ließ er Ziegelsteine anfahren, Sand und Holz. Eine Woche darauf wurde bereits auf der Brandstätte lustig gemauert und gezimmert.

Wo nahm der Mann das Geld her? Dem Baumeister hatte er sofort ein paar Hundert Vorschuß gezahlt, als sei das gar nichts. Und es hatte doch geheißen: er habe nichts versichert! Damals, als es beim Nachbar brannte und das Feuer zu ihm überspringen wollte, hatte er doch mit solchem Eifer gelöscht – das sollte mal einer erklären!

Jedenfalls gab es verdutzte Gesichter in Petersgrün, als man von den Summen hörte, welche Riegel von den verschiedenen Brandkassen erhielt. Und als man gar sah, wie groß, stattlich und massiv der Neubau wurde, da gab es mancherlei Gerede unter den Leuten.

So hatte er sichs also doch wohl selbst angelegt?! – Aber er war ja weit weg gewesen, als das Feuer auskam! Nun, dann hatte er vielleicht seinen Jungens Befehl dazu gegeben.

Aber das mit der Feuerspritze? – Daran konnte Riegel doch unmöglich schuld gewesen sein. War das vielleicht ein Racheakt? Er hatte ja Feinde. Jedenfalls, wenn es ein Streich war, der ihm schaden sollte, dann hatten die Thäter gerade das Gegenteil von dem erreicht, was sie bezweckt.

Leberecht Riegel war Fünfziger, als er beim Hebefeste den Kranz an den Firsten seines neuen Wohnhauses befestigen konnte. Das Glück, um das er so lange und so sauer hatte werben müssen, war ihm von nun an eine treue Braut. Einer seiner Söhne nach dem anderen heiratete, bald war er von einer stattlichen Enkelzahl umgeben. Er selbst blieb Witwer, obgleich es in Petersgrün kaum eine ledige Weibsperson gegeben hätte, die seinen Antrag ausgeschlagen haben würde.

Aber er hatte anderes im Kopfe, als Liebesgedanken. Die Angelegenheiten des Ortes nahmen neben seiner eigenen Wirtschaft von jetzt ab sein ganzes Interesse in Anspruch. Als Mitglied des Gemeinderats deckte er Unregelmäßigkeiten in der Kassenführung auf. Schade und verschiedene andere wurden in gerichtliche Untersuchung genommen. An Stelle des bisherigen Vorstandes ward Leberecht Riegel selbst zum Gemeinde-Oberhaupte gewählt.

Bei der Vernehmung von Schade und Genossen kamen wunderliche Dinge zum Vorschein. Einer wollte die Schuld auf den anderen wälzen; Dinge wurden ausgeplaudert, nach denen der Richter gar nicht gefragt hatte. So belasteten sie sich gegenseitig, verwickelten sich in ein Gewebe von Widersprüchen und Lügen. Die Unterschlagung von Geldern, um die es sich anfangs gehandelt, trat in den Hintergrund vor dem schwereren Verbrechen der Brandstiftung an eigenem und fremdem Gute, dessen sie nunmehr verdächtig waren.

Zur Verhandlung war halb Petersgrün geladen als Zeugen. Eigenartiges Licht fiel dabei auch auf die Thätigkeit der freiwilligen Feuerwehr. Sämtliche Verurteilte, unter ihnen Schade, waren Mitglieder gewesen dieses gemeinnützigen Vereins.

Leberecht Riegel war für die nächsten Jahrzehnte unbestritten der erste Mann in Petersgrün. Er sah nun freie Bahn für viele notwendige Verbesserungen, die bisher unausgeführt geblieben waren, weil es an einer kraftvoll stetigen Hand gefehlt hatte, sie in Angriff zu nehmen. Und bald halfen ihm seine Söhne und mit der Zeit auch die Enkel beim Werke.

Sogar der freiwilligen Feuerwehr trat Leberecht Riegel bei und wurde an Schades Stelle ihr Kommandant. Aber dieses Amt machte ihm noch am wenigsten Beschwerde, denn jetzt waren die Feuersbrünste in Petersgrün zur Seltenheit geworden.

Der arme Grule

Die Tischler streikten. Angefangen hatten die Bautischler, dann schlossen sich die Arbeiter in den großen Möbelfabriken an, schließlich wurden auch die kleinen Meister hereingezogen, die für Magazine auf Lager arbeiteten. Die Bildner, Drechsler und Tapezierer konnten es schließlich nicht länger mit ansehen, daß ihre Kollegen etwas vor ihnen voraus haben sollten, und streikten auch. Bald legten sie alle: Meister, Gesellen, Werkführer und Arbeiter die Hände in den Schoß. Man verschwor sich, die Arbeit nicht wieder aufzunehmen, es hätten denn die Unternehmer die lange Liste der aufgestellten Forderungen bis aufs tz bewilligt.

Aber wieder einmal erwies sich die metallene Brustwehr der vereinigten Kapitalisten allzu stark, um Bresche darein zu legen. Nach einem Vierteljahr voll Beschlußfassens, Demonstrierens und verzweifelten Hin- und Herzerrens mußte man schließlich einsehen, daß auch dieser Feldzug verloren sei. Durch Schaden war da mancher zwar nicht klüger, aber doch kleinlauter geworden und kehrte zur alten Arbeitsstätte zurück. Aber viele fanden verschlossene Thüren. Ihre Plätze waren vergeben an pfiffige Kollegen, die, von auswärts zugereist, die günstige Lage des Marktes benutzt hatten. Der Arbeitsherr wies den Bittsteller – vielleicht nicht ganz ohne Schadenfreude – mit der Begründung ab, er habe seinen Betrieb infolge des Streikes verkleinern müssen.

Mit solchem Bescheid konnte man dann zurückkehren zu Weib und Kind, die seit Monaten mit Hilfe der mageren Streikgelder gerade vorm Verhungern bewahrt worden waren. Als einziger Trost mußte ihnen die Nachricht dienen, daß, wenn auch der Streik mißlungen, doch die Unternehmer ebenfalls geschädigt seien. Aber die Millionen, die jenen fehlten. machten nicht satt auf die Dauer.

Wer unverheiratet war und keinen eigenen Hausstand besaß, für den war es weniger schlimm, der zog den Leibriemen einfach ein wenig fester an, sah, daß er irgendwo anders zu Brote kam, oder verließ die Stadt ganz und gar. Das Reich ist ja groß!

So zogen sie denn hinaus in Trupps zu zweien und dreien, oder auch einzeln, nach allen Richtungen der Windrose, gedrückt oder

übermütig, planlos oder mit einem festen Ziele vor Augen, je nach
Veranlagung und Laune.

Auf dem Bahnsteig standen drei von diesen Auswanderern, den
Zug erwartend, der sie nach der nächsten großen Stadt führen sollte. Dort seien Tischler gesuchte Ware, sollte irgendwo in einer Zei-
tungsnotiz gestanden haben; wie ein Lauffeuer hatte sich das unter
den Arbeitslosen verbreitet. Jeder strebte so bald wie möglich dorthin zu gelangen und mißgünstig ruhte da manches Auge auf dem
Reisegenossen, in dem man einen Konkurrenten vermutete.

Die drei hatten sich zusammengethan, weil gemeinsame Schicksale sie von früher her verbanden. Sie waren in einer der größten
Bautischlereien gewesen, der eine, Prägerow, als Werkführer, die
anderen beiden als einfache Arbeiter. Die Firma hatte erklärt, daß
sie grundsätzlich keinen Ausständigen wieder anstelle; über hundert Männer waren dadurch arbeitslos geworden. Der eine von den
jungen Leuten, Runzig mit Namen, war ein mittelgroßer, gut gebau-
ter Bursche mit starkem Schnurrbart, dem er offenbar sorgfältige
Pflege angedeihen ließ; Runzig sah überhaupt für einen, der drei
Monate Streik hinter sich hat, noch recht wohlgenährt und schmuck
aus. Dem anderen, einem rothaarigen, lang aufgeschossenen Menschen, den seine Freunde nur unter dem Namen Peter kannten,
hatte die magere Zeit der Arbeitslosigkeit übel mitgespielt. Peter
hing nur noch in seiner Haut wie in alten schlodderigen Kleidern.
So standen sie da, zwei mit Cigarrenstummeln im Munde, Peter mit
einer Pfeife ausgestattet, das Arbeitsgerät in bunte Tücher einge-
schlagen. Der Zug, in den sie einsteigen wollten, wurde noch ran-
giert.

Neben ihnen spielte sich eine bewegte Scene ab; ein Familienvater
nahm Abschied von Frau und Kindern. Gleich ihnen war er ein
durch den Streit brotlos gewordener Tischler. Zwei Kinder, Knabe
und Mädchen, noch unter dem Konfirmationsalter, schleppten sich
mit einer mächtigen Hucke, offenbar des Vaters Habseligkeiten
enthaltend. Es war ein großes in Sackleinwand genähtes Ding, mit
allerhand Ecken, das auf kantigen Inhalt schließen ließ. Die Frau
war um den Mann beschäftigt, sie zog ihm sein Halstuch, das sich
verschoben hatte, zurecht. Er war ein magerer Vierziger, wachs-
bleich, mit eingefallener Brust. Sein krauser Vollbart zeigte sich in

der Ohrengegend schon etwas angegraut. Grule befand sich offenbar in einiger Hast. Das Reisen war ihm wohl etwas Neues. Bald holte er sein Billet hervor, betrachtete es und steckte es wieder in die Tasche, um nach der Uhr zu sehen, oder die Kinder zu fragen, ob sie alle seine Sachen noch hätten.

Plötzlich griff Grule in seine Hosentasche und zog daraus ein kleines abgenutztes Geldtäschchen hervor; lange kramte er darin herum, bis er gefunden, was er suchte: unter manchem Kupfer und Nickel ein Zehnmarkstück. Er wollte es der Frau geben, aber die wies es standhaft ab. Fast wurde er ärgerlich; seine nervös gedrückten Mienen blickten noch um eine Schattierung sorgenvoller. Dann auf einmal sich eines anderen besinnend,, that er das Goldstück in die Börse zurück.

Die drei anderen beobachteten die Scene, ohne daß sie ihnen Eindruck zu machen schien. In drei Monaten Streik stumpft sich das Gefühl ab, und wer selbst um die Existenz ringt, hat selten für seinesgleichen Mitgefühl übrig. Sie kannten den kleinen mageren Mann von Ansehen ganz gut; er war auch fleißig in den Versammlungen gewesen als stummer Zuhörer.

Jahrelang hatte Grule als Kleinmeister für einen Möbelbazar gearbeitet, billige Möbel, die man ihm schlecht bezahlte. Trotzdem war es ihm gelungen, sich einige hundert Mark zu ersparen. Da wurde er in den Streik hineingerissen, und schnell war sein sauer Erspartes verschlungen. Er hatte gar nicht daran gedacht, sich aufzulehnen – zur Unzufriedenheit fehlte ihm jede Veranlagung – nur seine und seiner Familie Lage hatte er ein wenig aufbessern wollen. So war er ins Unglück geraten, er wußte nicht wie.

Der Zug stand fertig zur Abfahrt. Die jungen Leute waren schon eingestiegen. Grule riß den Kindern das große Paket aus den Händen und legte es auf das Trittbrett des Wagens. Er wollte sich hastig mit einem Händedruck von den Seinigen verabschieden, aber die Frau ließ das nicht zu. Er mußte die Kinder ordentlich küssen, jedes einzeln, dann umarmte sie ihn selbst, indem sie ihm noch ein freundliches Wort: »Glückliche Reise« und »auf baldiges Wiedersehen« ins Ohr flüsterte. Er hörte es kaum, zerstreut und benommen, wie er war, von dem Außerordentlichen. Dann stolperte er in den Wagen vierter Klasse hinein, seine Hucke unter dem Arme.

Zunächst konnte er kaum etwas sehen. Die Abteilung war voll Menschen, die sich drängten und stießen. Die schmalen Bänke an den Seiten wurden von den zuerst Gekommenen besetzt. Grule sah sich ratlos um; würde er die ganze lange Fahrt auf seinen Füßen stehen müssen? Da stieß ihn jemand an. Es war Peter, der lange, junge Mensch, der ihm einen Platz neben sich anwies, indem er ein wenig zurückte. Seine Hucke wurde ihm abgenommen und unter die Bank geschoben. So saß er, ehe er sichs versah, neben den dreien.

Es wurde nicht viel gesprochen. Grule, von der Angst gepeinigt, er könne etwas Wichtiges zu Haus gelassen haben, fing an, seine Hucke aufzumachen und die Sachen einzeln herauszuholen. Die anderen sahen ihm zu, weil sie nichts Besseres zu thun wußten. Was der Mensch da alles drin hatte! Einen vollständigen Anzug, ein paar Stiefel, dazu Wäsche. Ein Winkelmaß, Schmiege, Stemmeisen, Wasserwage und andere Werkzeuge.

»Die Hälfte von dem Kram wäre mir schon zu viel!« meinte Runzig.

»Man kann doch nich wie en Lehrling auftreten, der in die erste Stelle kommt,« sagte Grule dagegen. »Ich bin Meister.«

»Hast du vielleicht Arbeit? Na, also! Ich bin drauf gefaßt, den Sommer durch zu walzen. Mein Gepäck ist leicht.« Damit hob Runzig seine Hucke, die er zwischen den Beinen stehen hatte, mit einem Finger in die Luft.

»Es giebt aber doch Fabriken und große Geschäfte dort, wo wir hinwollen. Die müssen doch Werkführer brauchen.«

»Sei du man froh, wenn du als simpler Arbeiter unterkommst!« rief Prägerow dazwischen.

»Aber ich dachte ...« meinte Grule und blickte mit einem Male äußerst sorgenvoll drein. »Es muß doch Arbeit geben irgendwo! Verhungern können sie einen doch nicht lassen, wenn man arbeiten will.« –

Runzig lachte ihn aus. Er scheine allerdings der richtige »Heuochse« zu sein. Wer sich denn um sie kümmere! Die Arbeitskräfte seien billig geworden. Man werde ihnen Schundlöhne anbieten, vielleicht gar sie abweisen von vornherein, weil sie gestreikt hätten; denn die Unternehmer hingen ja alle zusammen wie die Kletten.

»Aber man hat doch sein Handwerk erlernt! Man hat sich doch zwanzig Jahre redlich durchgeschlagen. Und nun mit Frau und Kindern! – Nein, wenn es so zugeht in der Welt ...« Er sah sich mit verzweifeltem Blicke um und hob die hagere Hand; man wußte nicht gegen wen.

Runzig ergriff das Wort. Obgleich noch jung, hatte er doch zu den Führern des Ausstandes gehört. Er war ein Bursche, der sich überall bemerkbar zu machen verstand. Auch hier vernahm man durch das Rattern des Zuges hindurch seine laute Stimme. Alles hörte auf den jungen Menschen mit dem flotten Schnurrbart und den blitzenden Augen, wie er gegen die verfluchte Kapitalistenkaste wetterte. Er brauchte keinen Widerspruch zu befürchten von denen hier; er sprach ihnen aus dem Herzen. Nur Peter saß vergnügten Gesichtes dabei, seine Pfeife im Munde. Der schien guter Laune trotz Arbeitslosigkeit und schlechter Zeit.

Es war ein langsamer Zug, der an jeder Station anhielt; mit der Zeit näherte man sich jedoch dem Ziele. Grule erkundigte sich, ob jemand die Stadt kenne. Runzig bot sich zum Führer an. Das wurde dankbar angenommen. Das bißchen Selbstvertrauen, das Grule vorher vielleicht noch besessen, war durch das, was er auf der Fahrt gehört hatte, vollends in die Brüche gegangen.

Man schritt unter den eisernen Bogen eines Riesenbahnhofs weg. Grule fühlte eine eigne Beklemmung, als er die mächtige gewölbte Halle sah, in deren Kuppel sich der Blick verlor wie in einem Dom; aber sonst war da nichts von dem Frieden eines Gotteshauses. Die Züge brausten herein und heraus, Pfiffe gelten, Menschen kamen an und eilten fort; ein überwältigendes Treiben für den Kleinmeister, der nur die Ruhe seiner bescheidenen Werkstatt kannte, wo er jahraus, jahrein mit einem Gesellen und zwei Lehrlingen gearbeitet hatte. Das Herz sank ihm tiefer, wie würde er sich jemals hier zurecht finden? – Er mußte froh sein, daß er Kollegen gefunden hatte, die sich seiner annahmen.

Nun ging es über einen großen freien Platz mit einem Denkmal darauf, das zu betrachten in diesem Durcheinander von Wagen und geschäftigen Menschen niemand Zeit und Lust fand. Dann bogen die vier in eine enge Gasse ein, wo Runzig eine Kneipe zu kennen behauptete. Denn nach solcher Fahrt müsse man doch einen genehmigen.

Bald saßen sie um einen viereckigen Tisch herum, jeder eine Weiße vor sich und einen Schnaps daneben. Brot, Butter, Käse und Wurst wurden gebracht. Die Mühe des Bestellens hatte Runzig den anderen abgenommen. Er war auch hier wieder der Anführer; zunächst ließ er sich das gelesenste Geschäftsblatt des Ortes geben und forschte im Inseratenteile. Die Aussichten seien mau, meinte er nach einiger. Zeit, wie ers vorausgesagt. Wie sollte's denn auch anders sein, jetzt im Sommer, wo jedes Geschäft flaute. Ihm seis recht, er habe nichts gegen ein paar Monate walzen. Dabei schlug er auf den Tisch und bestellte vier Korn.

Grule stierte trübe vor sich hin. Er dachte an die zu Haus. Die jungen Kerle, mit denen er hier zusammensaß, mochten gut reden, die hatten niemanden, der sehnsüchtig auf die Nachricht wartete: ob der Vater wieder Arbeit habe. Ihm brannte der Boden unter den Füßen; er wollte etwas thun, Geschäfte aufsuchen, sich vorstellen, um Anstellung bitten. Um jede Minute, die man hier vertrödelte, war es schade. Aber Runzig und die anderen schienen dieser Ansicht nicht zu sein; noch einmal wurde frisch nachgefüllt.

Endlich erhob sich Grule, er hielt das nicht länger aus.. »Der Herr bezahlt für das Ganze!« sagte Runzig auf Grule deutend. Der lachte verlegen über den schlechten Witz und wollte wissen, was sein Anteil an der Zeche sei. Aber Runzig bestand darauf, Grule müsse für alle bezahlen, sie seien arme Teufel, und »bei dir habe ich doch vorhin einen leibhaftigen Zehnmärker gesehen – lüge nicht!« Grule mußte zugeben, daß er ein Goldstück besitze, das letzte freilich; gern hätte er es seiner Frau, die es vorhin abgewiesen, doch noch mit der Post zugeschickt. Er zögerte daher, wollte das Stück nicht hergeben, um es nicht anzureißen. Aber Runzig verhöhnte ihn: daß sei ihm schöne Kameradschaft, seine Kollegen so im Stiche zu lassen! – Das wurmte ihn doch. Ein schlechter Kamerad wollte er nicht sein. Er bezahlte also die Zeche und sah den größten Teil seiner Barschaft im Kassenfache des Wirts verschwinden.

Die nächsten zwei Tage brachte er damit zu, von Geschäft zu Geschäft zu gehen und sich anzubieten. Er sah, daß Runzig nur zu sehr recht gehabt hatte mit seiner Voraussage: niemand wollte neue Leute anstellen. Die paar Stellen, die frei gewesen, fand er bereits besetzt. Schließlich irrte er auf den Straßen der großen Stadt ratlos umher, selbst nicht mehr darauf hoffend, daß sich etwas finden würde. Er war müde, todmüde von den paar Tagen ungewohnten Umherstreifens. Nach Weib und Kind hatte er unaussprechliche Sehnsucht. Aber der Gedanke, vor sie zu treten mit leeren Händen und in ihren Augen die verzweifelte Frage zu lesen: was nun? ließ ihn die Heimreise schnell wieder aufgeben.

Auf irgend einen Zufall hoffend, der als rettender Engel zu ihm kommen solle, schlenderte er gedankenlos durch die Gassen. Plötzlich rief eine Stimme hinter ihm: »Heda, Landser.« Gleichzeitig fühlte er sich gepackt und festgehalten. Na waren Runzig und Peter. »Hast du Arbeit?« Grule schüttelte trübe den Kopf. »Wir auch nicht! Haben uns freilich nicht weiter sehr bemüht. Der Schafskopp, der Prägerow, ist für zehn Mark wöchentlich bei einem Meister untergekrochen. – Wo sind deine Sachen?« Grule berichtete, daß er in der Herberge zur Heimat übernachte.

Runzig schlug vor, das »Gelumpe« dort abzuholen. Sie wollten ihr Glück anderwärts versuchen, denn in diesem Nest sei nun doch mal nichts zu machen. Gemeinsame Wanderschaft war sein Plan. Grule wußte nichts Besseres. Er hatte nicht mehr soviel Kraft, sich zu widersetzen.

Eine Stunde später schon marschierten die drei im Sonnenbrand durch den Staub der Landstraße. Für Grule war es ein niederdrückendes Gefühl: er, ein Familienvater, der sich Meister genannt hatte, nun auf einmal herabgesunken zum Walzenbruder. Das anhaltende Gehen war ihm eine ungewohnte Sache. Tagein, tagaus hatte er in seiner Werkstatt gestanden, und sich der freien Luft fast entwöhnt. Und nun mit einer schweren Hucke auf dem Rücken Schritt halten sollen mit diesen beiden jungen Kerlen! Er fing an zurückzubleiben. Runzig meinte spottend: er hätte besser daran gethan, das unnütze Zeug im Leihhause zu versetzen, dann würde er weniger zu schleppen und einen besser gespickten Beutel haben. Peter, dem seine vom Mundwinkel herabhängende Pfeife nur gestattete zu lächeln, nahm ihm schließlich, ohne ein Wort zu sagen, den schweren Sack ab und schwang ihn auf den eignen breiten Rücken. Grule schlich weiter.

Man kehrte, als der Abend herankam, in einem Dorfkruge ein. Grule warf sich, zu Tode erschöpft, ohne Abendbrot in die Streu, die man ihm statt eines Bettes anbot. Der sonst so stille Peter, der die Streu mit ihm teilte, erwies sich durch sein Schnarchen als ein ziemlich unbequemer Lagergenosse. Auch anderen Lärm gab es, der den Armen nicht zum Einschlafen kommen ließ. Im Gastzimmer, das sich gerade unterhalb der Schlafstätte befand, war gewaltiges Hallo. Erst spielte man Karten, wobei Runzig, den Flüchen der Bauern nach zu schließen, der Gewinner war. Dann sang er der Gesellschaft Lieder vor, dröhnendes Gelächter durch seinen Vortrag entfesselnd. Zum Schluß hielt er eine Rede, bis der Wirt dreinfuhr, der keine »Roten« in seinem Lokale dulden wollte, weil der Krug dem Rittergute gehöre. – Schließlich kam Runzig zu seinen Gefährten zurück, nach Tabak und Schnaps stinkend. Er warf sich zwischen die beiden und nahm die halbe Streu für sich in Anspruch.

Am nächsten Morgen waren Grules Füße derartig geschwollen, daß er nur mit den größten Schmerzen in seine Stiefel hineinkonnte. Er sprach davon, die Wanderschaft aufzugeben und heimzureisen, aber Runzig fuhr ihn barsch an, das wäre hundsföttisch von ihm, und man werde seine Sachen zurückbehalten, wenn er sich etwa aufs Auskneifen verlegen wolle.

Runzig hatte überhaupt jetzt völlig das Regiment an sich gerissen. Er bestimmte, wie man marschieren und wo man einkehren wolle; er führte auch das Kassenwesen. Grule hatte ihm alles, was er noch besaß, ausliefern müssen. Runzig nannte das: die »Genossenschaftskasse«.

Übrigens verstand es Runzig, diese Kasse leidlich gefüllt zu erhalten. Wenn er sich vor der Behörde sicher wußte, sprach er im Vorübergehen an, je nachdem er es für passend hielt, in drohender, einschmeichelnder oder mitleiderweckender Weise. Wo es eine sittsame oder gar fromme Miene aufzustecken galt, besonders Frauen gegenüber, stand ihm auch diese zu Gebote. Brot statt Geld nahm er ungern, und die Aufforderung, ein Paar Stunden für Lohn im Holzstall zu arbeiten, lehnte er, als unter seiner Würde, mit Entschiedenheit ab. Gegen den Gendarm war er stets voll Höflichkeit;

kaum hatte der Beamte freilich den Rücken gewandt, dann steckte er ihm die Zunge heraus und sprach von den dummen Teckels. Natürlich zog man die wilden Pennen den christlichen Herbergen vor.

Peter war überall da am Platze, wo man Körperkräfte brauchte. Er trug Grules schwere Hucke auf dem Rücken, als wäre Stroh darin. Der junge Mensch war stets guter Laune, das Wetter mochte gut sein oder schlecht, die Straße staubig oder naß. Unzufrieden war er nur, wenn er nichts hatte, um seine Pfeife damit zu stopfen. Diese Pfeife, ein Porzellankopf mit einem bunten Bilde, einen Schützen darstellend und einen springenden Hirsch, kam nur aus seinen Zähnen, wenn er aß oder schlief. Diese Pfeife schien ihm eine willkommene Entschuldigung dafür zu bieten, daß er eigentlich so gut wie niemals ein Wort äußerte. Peters Lippen waren geschaffen, das Pfeifenende zu halten; daß sie sich zu mitteilsamer Rede öffnen sollten, wäre ihm Widerspruch zu ihrem höheren Zweck erschienen.

Als eines Tages das Geld doch knapp wurde und ein Wirt sie bereits als Zechpreller hinausgeworfen hatte, verlangte Runzig, Grule müsse den Anzug verkaufen, den er in seiner Hucke führte. Grule wollte davon nichts wissen, es war sein Sonntagsanzug; er hatte ihn mitgenommen, damit er etwas Anständiges zum Anziehen habe, wenn er sich beim Arbeitsuchen vorstellen würde. Hier wagte er es einmal, sich zu widersetzen. Aber Runzig behauptete, Grule sei ihm sowieso Geld schuldig, in den letzten Tagen hätten die anderen auf seine Kosten gelebt, denn er allein habe den Lebensunterhalt verschafft. Grule vergoß Thränen, denn er hing, an diesem Anzug, den er mit seiner Frau gemeinsam im Kleidermagazin ausgesucht, und von dem sie immer sagte, er nehme sich so stattlich darin aus. – Aber was blieb ihm übrig! Er mußte schließlich doch das Prachtstück herausgeben. Schweren Herzens sah er den Anzug zu dem jüdischen Trödler wandern im nächsten Städtchen, durch das sie kamen. Was waren die paar Thaler, die sie dafür bekamen, verglichen mit dem Werte, den dieses Stück für ihn gehabt! –

Schließlich kamen sie in die große Industriestadt, das Ziel ihrer Wanderung. Auch in diesem Orte war Runzig bekannt, er hatte hier als Soldat gedient. Es wurde ihm nicht schwer, in der Vorstadt einen Gasthof ausfindig zu machen, wo sie billiges Quartier bekamen. Als der Wirt Schwierigkeiten machen wollte, die abgerissenen Pennenbrüder aufzunehmen, wies man ihn auf Grules Hucke hin, die immer noch einen stattlichen Umfang hatte.

Am Tage darauf gings ans Arbeitsuchen. Vorher machte Runzig mit den beiden anderen aus, daß sie auch fürderhin gemeinsame Sache machen wollten. Wer Glück habe und Arbeit fände, sollte einen Beitrag in die Genossenschaftskasse zahlen, davon wollten sie die ersten Ausgaben bestreiten. Peter, in seiner Schweigsamkeit, that auch bei dieser Gelegenheit den Mund nicht auf, und Grule kannte überhaupt nur noch einen Gedanken: wieder Arbeit bekommen! Wenn er das erst erreicht, sollte ihm alles Andere recht sein.

Diesmal kam man auf den guten Gedanken, sich eines Auskunftsbureaus zu bedienen, das umsonst Arbeit vermittelte. In dem Journale der Gesellschaft waren einige große Tischlerfirmen verzeichnet, die Arbeiter suchten. Die Bedingungen waren keine glänzenden; jedenfalls kamen sie nicht an das heran, was man vor dem Streik erhalten hatte. Aber man mußte vorlieb nehmen.

Grule und Peter ließen sich sofort einstellen. Runzig dagegen erklärte, weiter suchen zu wollen, um Besseres zu finden. Da die Arbeitsstätte nicht weit war vom Gasthofe, blieb man vorläufig dort wohnen und beschloß, erst später Schlafstellen zu suchen. Außerdem mußte man ja auch zur Bezahlung des Wirtes auf den Lohn warten, der erst am Ende der Woche ausgezahlt wurde.

Grule schrieb seinen ersten Brief nach Haus, bis dahin hatte er die Seinen ohne Nachricht gelassen. Jetzt konnte er ihnen endlich bessere Kunde geben. Er verdiente wieder. Die Arbeit flog ihm von den Händen. Er hatte um Stücklohn gebeten, da er wohl wußte, daß er bei seiner Geschicklichkeit dabei besser fahren werde als im Tagelohne. Nun war auch Gelegenheit, manche Gutthat, die ihm Peter auf der Wanderschaft erwiesen hatte, zu vergelten. Sie arbeiteten in einem Raume, und der lang aufgeschossene junge Mensch mit den groben Fäusten war nicht gerade der geschickteste Arbeiter. Da kam ihm Grules Erfahrung, der sich als Meister manchen Geschäftskniff angeeignet hatte, zu statten.

Am Lohntage bekam man ein leidliches Sümmchen ausgezahlt. Zum Sonntag wollten sich die beiden einmal gründlich ausruhen von der Arbeit und sich vor allem ordentlich satt essen, denn dazu hatte im Laufe der Woche das Geld gefehlt. Von Runzig hatten sie so gut wie nichts gesehen. Er schien noch immer keine Arbeit gefunden zu haben. Des Nachts kam er spät in die gemeinsame Kammer, und früh, wenn sie aufbrachen, war er nicht zu erwecken.

Auf dem Heimwege von der Werkstatt machte Grule vor einer Postanstalt Halt. Er blickte unruhig drein, schien sich über irgend etwas nicht schlüssig werden zu können. Peter sah ihm mit gewohnter Gelassenheit zu.

»Ich hätte gerne en Märker zehne nach Hause geschickt,« sagte Grule. »Aber es geht ja nicht!« damit schritt er weiter, dem Postgebäude den Rücken kehrend. Peter folgte ihm, Hände in den Taschen und Pfeife im Munde. »Sie würden sich zu Hause gewaltig freuen.« Es war mehr ein Selbstgespräch bei Grule. Peter sagte nichts, machte aber beim nächsten Krämer Halt und kaufte sich eine Rolle Tabak für seine Pfeife.

Als sie in die Nähe ihres Gasthofes kamen, erblickten sie an der Straßenecke Runzig. Kaum daß sie ihn wiedererkannt hätten. Er trug einen neuen Anzug und unterhielt sich mit einem Mädchen, das, in der Entfernung gesehen, einer feinen Dame glich. Als er die beiden kommen sah, verabschiedete er sich kurzer Hand von der Person und ging seinen Freunden entgegen.

»Habt ihr den Lohn einkassiert?« war seine erste Frage. Und als er eine bejahende Antwort erhalten: »Das ist gut! In der Kasse ist Ebbe. Ich weiß nicht mal, wovon ich unsere Miete bezahlen soll.«

Sie begaben sich in die Gaststube und nahmen Kassensturz vor. Einige zwanzig Mark betrug das, was Peter und Grule einzuwerfen hatten. Runzig kam mit leeren Händen, doch vertröstete er die Freunde, daß er Aussichten habe auf eine großartige Anstellung. Dann werde er seinen Anteil mit Zinsen zurückerstatten. Als er sich dann in seiner Eigenschaft als Kassierer daran machte, das Geld einzustreichen, brachte Grule in schüchternem Tone seinen Wunsch vor: er habe doch den größten Teil des Geldes durch seine Arbeit verdient, und er habe daran gedacht, seiner Frau etwas davon zu schicken.

Runzig brauste auf; er sei wohl verrückt geworden! Die Kasse sei gemeinsam, so hätten sies abgemacht und keinen Pfennig könne einer für sich verlangen, das widerspreche den »Statuten«.

Grule blickte verdutzt drein; von Statuten wußte er nichts. Aber wie immer erschrack er vor Runzigs entschiedenem Auftreten, gegen das nicht aufzukommen war.

Da ereignete sich etwas Außergewöhnliches: Peter, der stumm dabei gesessen hatte, nahm die Pfeife aus dem Mundwinkel und begann zu sprechen. »Hier die zehn Mark,« damit zog er ein Goldstück von dem Gelde ein, das noch auf dem Tische lag, »wird Grule morgen an seine Frau schicken.«

Runzig blickte wie versteinert auf den Sprecher, der ihn seinerseits mit Kälte fest anschaute. Als er sich ein wenig erholt von seinem Staunen über solche Kühnheit, meinte Runzig: Peter solle keine schlechten Witze machen und das Geld herausgeben; die Kasse habe Schulden.

Peter lächelte eigentümlich, betrachtete sich den neuen Anzug Runzigs eine Weile, schien etwas sagen zu wollen, hing aber schließlich doch nur die Pfeife an ihren alten Fleck und war damit seiner gewöhnlichen Rolle wiedergegeben.

»Das ist der reine Diebstahl!« schrie Runzig und verließ mit giftiger Miene die Gaststube.

An diesem Abende führten Grule und Peter ihren Plan aus, sich einmal ordentlich satt zu essen. Dann flickten sie noch ein wenig an ihren Sachen herum, die arg zerrissen waren, um schließlich zu Bett zu gehen und sich des wohlverdienten Schlummers zu erfreuen.

Am nächsten Morgen, als sie nach einer gesund durchschlafenen Nacht erwachten, standen sie vor einer eigenartigen Entdeckung: alles, was sie besessen hatten von einigem Werte, war verschwunden. Auch Kleinigkeiten, wie Grules Glaserdiamant, hatte der Dieb mitgehen heißen. Peters Tabaksbeutel mit dem Zehnmarkstück darin fehlte, und was für ihn das bei weitem Schmerzlichste war, die Pfeife mit dem springenden Hirsch und dem Schützen war auch nicht mehr zu finden.

Es konnte für die beiden kein Zweifel darüber sein, wer der Dieb sei, obgleich solche Niedertracht von Runzig schwer zu glauben schien.

Grule saß da, kreidebleich, wie vernichtet, er fand keine Worte, und selbst die Thränen, die ihm sonst so leicht kamen, versagten einem so harten Schlage gegenüber. Peter ging in die Stadt, er dachte, er könne des Diebes vielleicht doch noch habhaft werden; aber das war vergebene Mühe. Entweder hielt sich Runzig gut versteckt, oder, was noch wahrscheinlicher war, hatte er sich längst mit seiner Beute aus dem Staube gemacht.

Als Peter nach mancher Stunde in den Gasthof zurückkehrte, fand er Grule in derselben Verfassung, wie er ihn verlassen, halb angekleidet auf seinem Bette sitzend, mit merkwürdig veränderten Zügen vor sich hinbrütend.

Peter erschien Grules Wesen sonderbar. Was hatte der Alte für einen stieren Blick! und reden wollte er gar nicht; das war für Peter am unheimlichsten. Das Schweigen hatte *er* doch sonst gepachtet. Es blieb nichts anderes übrig, er mußte sich entschließen, den Mund aufzuthun, wenn er aus jenem etwas herausbekommen wollte.

Der junge Mensch hatte sich mit dem Mißgeschick, das ihn betroffen, schon halb ausgesöhnt; ein paar Wochen angestrengter Arbeit, und der Schaden war wieder ausgeglichen. Aber mit dem Alten dort auf dem Bette war es etwas Anderes! Der hatte einen schwereren Verlust erlitten. In der Nacht fing Grule an zu phantasieren. Er sprach mit Runzig, von dem er in energischen Worten die Herausgabe der »Genossenschaftskasse« forderte. Er schrie und tobte schließlich, und Peter hatte Mühe, den schwächlichen und sonst so friedliebenden Manne im Bette zu erhalten. Am nächsten Morgen war Grule nicht dazu zu bewegen, sich zur Arbeitsstätte zu begeben. Er habe das nicht nötig, erklärte er, denn er sei ein reicher Mann. Peter gab nicht viel auf sein Gerede; der Alte war wohl nicht ganz richtig im Kopfe! Eines schien ihm klar: der mußte nach Haus, zu den Seinen. Peter entschloß sich, ihn dorthin zu bringen.

Zunächst war allerdings die schwierige Frage: wovon den Wirt bezahlen? Eine tüchtige Rechnung war aufgelaufen, denn Runzig hatte natürlich nicht an ein Begleichen der Zeche gedacht. Man mußte eben die paar Sachen, die der treulose Genosse ihnen noch gelassen, drangeben. Im übrigen hatte sich der Wirt mit Peters Versprechen zu begnügen, daß er die Schuld später einmal begleichen werde.

Nun waren sie also wieder auf der Landstraße mit erleichtertem Gepäck. Außer den dürftigsten Kleidungsstücken und den im Walde geschnittenen Stöcken nannten sie nichts ihr eigen. Nur langsam kamen sie vorwärts, denn Grules Füße gerieten bald in einen solchen Zustand, daß man kurze Tagesstrecken zurücklegen mußte. Er klagte nicht, beinahe gleichgiltig und oft wie geistesabwesend schaute er drein, mechanisch einen Fuß vor den anderen setzend. Peter leitete ihn wie ein Kind. Kaum daß man ein Wort von Grule hörte, außer des Nachts, wo er sich mit Runzig noch immer wegen der Genossenschaftskasse herumzankte, an die er eine Forderung von einer Million zu haben behauptete. Hin und wieder unterhielt er sich auch mit seiner Frau, der er von seinen Reichtümern berichtete. Peter dachte bei sich: das wird alles wieder gut werden, wenn er nur erst zu Haus ist.

Dem jungen Menschen war eine eigentümliche Rolle zugefallen. Er mußte um Almosen ansprechen, und das fiel ihm schwer genug. Aber da er keine Pfeife hatte, die ihn am Sprechen verhindert hätte, gewöhnte er sich mit der Zeit wirklich eine gewisse Beredsamkeit an. Gelegentlich, wenn sich gar nichts erbetteln ließ, mußten sie im Freien übernachten, in einem einsamen Schuppen oder gar im Stroh einer Feime. Bald sahen sie auch danach aus. Die Blicke der kontrollierenden Gendarmen wurden immer schärfer und ihre Anreden immer gröber. Einmal, als sich Peter hatte beim Betteln abfassen lassen, mußten sie sogar eine Nacht im Polizeigewahrsam zubringen.

Endlich nahte die Heimat. Grule schien auch diese Thatsache teilnahmlos hinzunehmen. Ruhig ließ er sich vom Freunde durch die Straßen führen.

Man traf die ganze Familie zu Haus. Es war gegen Abend. Frau Grule war im Wohnzimmer mit Plätten beschäftigt, die Kinder saßen über den Schularbeiten. Das Ganze machte einen einfachen, aber sauberen Eindruck und erschien Peter, der zuerst eintrat, um die Ankunft des Familienvaters anzumelden, als das Höchste an Gemütlichkeit, was er seit langem gesehen.

»Der Vater ist zurück!« so kam's vom Munde der beglückten Frau, und »Der Vater ist zurück!« antworteten die Kinder in einem Atem.

Als er nun freilich über die Schwelle stolperte, mit wildem Haar, zum Skelett abgemagert, in schmutzstarrenden, abgerissenen Sachen, da verstummte der Jubel. Bestürzt blickte die Frau drein und ängstlich die Kinder.

Grule umarmte niemanden, ging vielmehr, einer alten Gewohnheit folgend, auf seinen Armstuhl zu und ließ sich dort nieder. Die Frau kannte ja ihren Alten als Sonderling, aber das war ihr doch zu viel; sie wandte sich an den Begleiter um Erklärung.

Peter berichtete in Kürze, wie es ihnen ergangen. Er sagte, daß Grule sehr müde sei von der Wanderung, sie möge ihn nur gut pflegen, das übrige werde sie dann schon selbst sehen. Damit schien er seine Aufgabe hier für erfüllt anzusehen und wollte nun eigentlich seiner Wege gehen.

Aber Frau Grule ließ ihn so nicht fort. Trotz ihrer begreiflichen Erregung wollte sie doch zeigen, daß sie Lebensart besitze. Sie bot Petern einen Stuhl an und räumte das Plättbrett weg. Gleichzeitig erzählte sie ihre Erlebnisse: Sie habe sich tüchtig plagen müssen ohne den Ernährer, aber durchgekommen sei man. Sie habe Arbeit erhalten für ein großes Hotel in der Nähe, das jetzt seine ganze Herrenwäsche bei ihr besorgen lasse. Versetzen habe sie nichts brauchen und gehungert hätten die Kinder auch nicht. Und als der Vater damals geschrieben, er habe Arbeit, da hätten sie ihm geantwortet unter postlagernd, er solle nur schleunigst nach Hause kommen. Der Brief sei aber wohl nicht in seine Hände gelangt.

Während sie noch sprach, fing er an, sich in seinem Stuhl zu regen, dann erhob er sich und ging im Zimmer umher; er betrachtete die Möbel, die er zum größten Teile einstmals selbst angefertigt hatte, dann sagte er plötzlich zu seiner Frau: man müsse ausziehen von hier und das sofort!

»Ausziehen?« meinte die Frau. »Weshalb denn? Die Wohnung ist doch gut und dabei nicht allzu teuer.«

»In solch einem elenden Loche werde ich nicht wohnen, bleiben! Wir sind jetzt reiche Leute. Ja, ja, ich bin zum Millionär ernannt worden. Ja, ja, Frau! Die Genossenschaftskasse hat mich zum Millionär ernannt.« – Dabei lachte er hastig mit rauher Stimme.

Sein Frau blickte ihn offenen Mundes an. Sie begann, etwas zu ahnen, ängstlich fragte sie den Begleiter, was der Vater damit meinen könne. Peter legte zur Antwort nur den Finger auf die eigene Stirn.

Frau Grule begriff. Sie begann leise vor sich hin zu weinen.

Aber lange gab sie sich ihrem Schmerze nicht hin; mit zwei jungen Kindern und einem schwer erkrankten Manne durfte man das nicht.

Was sollte nun geschehen? Sie legte diese Frage Petern vor. Der überlegte einige Zeit, dann meinte er man würde wohl gut daran thun, einen Arzt zu Rate zu ziehen. Das leuchtete der Frau ein. Der Fremde schien überhaupt ein vernünftiger Mann zu sein, sie fragte ihn, ob er nicht noch ein wenig bleiben könne. Aber Peter erklärte er müsse fort. Die Frau erkundigte sich, ob er denn nicht wenigstens etwas zum Danke annehmen wolle für alles, was er an ihrem Manne gethan.

Da lächelte Peter eigentümlich. Sein Blick hatte schon vorher mit stummer Bewunderung an einer Stelle der Wand geruht, wo an einem Nagel Tabakspfeife und Beutel des Hausherrn hingen. Er sagte nichts, aber Frau Grule, die seinem Blick folgte, erkannte, woran er mit solcher Verliebtheit hing. »Die alte Pfeife! Macht Euch das Spaß?« Und sie nahm Pfeife und Beutel vom Nagel und brachte sie ihm.

Peter grinste vergnügt. Ein Schütze und ein springender Hirsch waren zwar nicht auf dem Porzellankopfe, aber dafür das Bildnis eines jungen, schönen Mädchens mit pechschwarzem Haar und kirschrotem Munde. Das gefiel ihm. Sofort hing sie in seinem Mundwinkel. Sie paßte ausgezeichnet dorthin.

Und als habe er mit einem Male wieder die Sprache verloren, nun dieses natürliche Vorlegeschloß an seinen Lippen angebracht war, nickte er nur noch mit dem Kopfe zum Zeichen des Dankes, reichte allen die Hand, auch seinem Gefährten Grule, und ging mit freundlicher Miene.

Frau Grule fragte am nächsten Morgen den Kassenarzt, der den
Meister von früher her gut kannte. Er konnte ihr nur bestätigen, was
sie schon wußte.

Ein wilder Schößling

Die Einwohnerschaft eines jeden Dorfes hat ihre ausgesprochene Physiognomie. Und wiederum innerhalb der Dorfsgenossen giebt es Gruppen, Stämme, Sippschaften, welche sich scharf von einander abheben in äußeren und inneren Zügen, in Lastern, Tugenden und Fähigkeiten.

Einer Wiese vergleichbar ist die Menschenwelt des Dorfes. Von weitem mag sie wie eine gleichmäßig grüne Fläche langweiliger Grashalme erscheinen, aber steht man drinnen, dann sieht man, daß von diesen Halmen jeder seine Eigenart hat. Man erkennt, wie sie einander überwuchern und durchschlingen, man sieht, wie die stärkere Art andere minder lebensfähige verdrängt, man beobachtet, wie einzelne Gewächse ihre Ausläufer unterirdisch weithin versenden, wie ein einziges zur Reife gelangtes Individuum seinen Samen verstreut und sich verhundertfacht. Zwar überwiegt die große Masse der braven grünen Grashalme, die nach einer Richtung wachsen und sich alle in vorschriftsmäßiger Höhe halten, aber dazwischen giebt es auch Moose, die den Boden verfilzen, üppige Binsen, geile Stauden, anschmiegende Schlingpflanzen, zarte Blumen. Und dort schießt auf einmal ein fremdes wildes Gewächs empor, das scheinbar gar nicht zu dieser biederen Gesellschaft gehört, selbstbewußt frech in der Haltung, ein Ding, das nach anderen Gesetzen zu leben gesonnen ist, als die harmlose Nachbarschaft.

Es reizt, den Gründen dieser Erscheinungen nachzuforschen, man möchte für die Geschichte des Einzelnen Erklärung finden in der Geschichte seiner Art, möchte die Erlebnisse der Vorfahren kennen, die Mischung des Blutes in grauer Vergangenheit ergründen, die Entwicklung der ganzen Sippe bis auf unsere Tage herab verfolgen dürfen.

Aber die Bauern kennen keine Genealogie, sie haben keine Ahnengallerieen und Stammbäume. Ihre Sinne sind auf die Notdurft des Augenblickes gerichtet, um die Vergangenheit bekümmern sie sich nicht. Der Bauer hält sich an das, was ist; sich den Kopf zu zerbrechen darüber, wie und warum es geworden, das überläßt er den Gelehrten, die nichts Vernünftigeres zu thun haben auf der Welt.

Kaum daß man von einem Landmanne erfahren kann, wer seine Großeltern gewesen und welche Geschicke sie gehabt.

Darum habe ich auch nichts Sicheres feststellen können über die Herkunft der Familie Kraps im Dorfe Zälowitz; eine Familie, die mich immer auf das lebhafteste interessiert hat. Der Name Kraps kommt nur in diesem Orte vor, während man sonst von den landläufigen Familiennamen in der Regel Vertreter in den benachbarten Ortschaften findet. Auch die Physiognomie dieser Leute weicht von den Gesichtern, welche man sonst in der Gegend sieht, stark ab.

Welcher Wind mag das ursprüngliche Samenkorn dieser absonderlichen Rasse an ihren jetzigen Standort getragen haben?

Einmal erzählte mir eine alte Frau, von der ich über die Sagen des Dorfes, seine Leute und ihre Schicksale mehr erfahren habe, als aus dem Kirchenbuche und den sämtlichen Akten des Gemeindeamtes: in Kriegszeiten sei ein verwundeter russischer Soldat in Zälowitz liegen geblieben. Ein halbes Jahr lang habe man ihn gepflegt, dann sei er gesundet zu seiner Truppe zurückgekehrt. Von dem stammten die Krapse ab, behauptete das alte Weib. Aber ihr Bericht ist nicht glaubhaft, denn russisches Kriegsvolk ist nachweisbar niemals in diese Gegend gekommen, weder zu Zeiten des alten Fritz noch in den Befreiungskriegen. Immerhin war mir die Erzählung der Alten ein Beweis dafür, daß auch von den Dorfgenossen die Krapse als Fremdlinge, als eine Ausnahme von der Regel, empfunden werden, und daß man über ihre Absonderlichkeiten schon in früheren Zeiten gesprochen und nachgedacht haben muß, sonst wäre jene Sage wohl kaum entstanden.

Die Krapse haben eben einige Eigenschaften an sich, die sie in Gegensatz stellen zu allem, was in Zälowitz Herkommen ist. Sie sind dunkel von Hautfarbe, haben schwarze, blitzende Augen, ihr Haar ist wollig, meist von schmutzigbrauner Färbung. Sie sind selten über Mittelgröße, untersetzt gebaut und von außerordentlicher Muskelkraft. Soweit ihr Äußeres, das von dem gewohnten Typus unserer blonden, langaufgeschossenen, helläugigen Bauern stark abweicht.

Die Krapse sind eine außerordentlich frühreife Rasse. Bei den Knaben sproßt der Schnurrbart meist vor der Konfirmation. Ist ein Kraps in der Klasse, so wird er sich dem Lehrer sehr bald unangenehm bemerkbar machen. Er lernt schwer, ist böckisch und widersetzlich und wird stets unter den Kindern sitzen, die mühsam durchgeschleppt werden müssen. Ganz anders steht ein junger Kraps unter den Mitschülern da. Meist der Stärkste in seiner Klasse, herrscht er durch Frechheit, Rücksichtslosigkeit und Verschlagenheit. Bei allen Anschlägen und schlechten Streichen ist er Führer. Auf die Mädchen wirft ein Sprößling dieser Familie früh sein Auge. Obgleich abstoßend häßlich, mit seinem großen Kopfe, dem wolligen Haar, den tiefliegenden Augen und der unreinen Farbe, scheint so ein Bengel den Altersgenossinnen doch nicht übel zu gefallen. Sie lassen sich auf seine dreisten Späße viel eher ein, als auf die Annäherung manches weit schmuckeren Knaben. So geht es weiter. Beim Konfirmationsunterricht hat der Pfarrer seine liebe Not, wenn ein Kraps in der Herde ist. Bei den Jugendbällen, die im nächsten Winter die Schulentlassenen vereinigen, spielt der junge Kraps die erste Rolle. Jetzt kommt die Zeit, wo er Reibungen bekommt mit der Behörde. Denn wenn ein Kraps auf dem Tanzsaale ist, in der Schenkstube, auf dem Festplatz, oder der Kegelbahn, dann giebt es Gebrüll, Schlägerei, häufig Auflehnungen gegen den aufsichthabenden Beamten. Denn das ist auch eine Eigenschaft dieser Familie, welche sich früh meldet, sie sind abgesagte Feinde aller Autorität. Jeden Beamten, den Gemeindediener, den Gendarm, betrachten sie als ihren natürlichen Feind, dem Trotz zu bieten oder einen Schabernack zu spielen, ihnen Wonne ist.

Eine kritische Zeit für die Krapse ist der Militärdienst. Bei der Truppe müssen sie sich fügen; denn die strenge Ordnung der Kaserne und des Exerzierplatzes kriegt schließlich den Wildesten zahm, selbst eine Krapsnatur. Und da sie körperlich kräftige Leute sind, gute Turner, Schützen und Reiter, zähe und wenn's drauf ankommt, unerschrocken, so würden sie vorm Feinde zu den brauchbarsten Leuten gehören. In Friedenszeiten aber, beim nüchternen Kasernenhofdienst, in der Garnisonstadt mit ihren Versuchungen, bleibt es nicht aus, daß die ungebändigte Kraft eines Kraps mit der Disciplin in Zusammenstoß gerät. Mehrere von ihnen haben als Soldaten zweiter Klasse geendet, ganz unbestraft ist wohl keiner von der Truppe in die Heimat zurückgekehrt. Zur Ehre der Familie sei aber auch berichtet, daß zwei von ihnen den Heldentod auf Frankreichs Feldern gefunden haben, und daß ein Kraps die

Unteroffizierstressen erwarb. Er war der erste und blieb der einzige seines Namens, der eine Charge erlangte. Später machte er dem guten Anfang wenig Ehre. Er gewöhnte sich das Wildern an, und wurde von einem Förster in der Notwehr erschossen.

Um die öffentlichen Angelegenheiten kümmern sich die Krapse nicht. Niemals ist einer von ihnen im Gemeinderat oder unter den Schul- und Kirchenvätern zu finden gewesen. Wenn sie eine politische Versammlung besuchen, so geschieht es nur, um dort Radau zu machen. Trinker von Profession kann man sie nicht nennen, sie verschmähen zwar den Branntwein nicht, doch vertragen sie so viel, daß man sie selten berauscht sehen wird. Dagegen waren einige von dieser Familie leidenschaftliche Spieler. Sie sind keine schlechten Arbeiter, besonders dort stellen sie ihren Mann, wo Körperkräfte erforderlich sind. Aber sie haben keine Ausdauer, außerdem wollen sie sich auch den Anordnungen des Arbeitgebers nicht fügen, und fangen Händel an mit den Mitarbeitern. Zur Landwirtschaft haben sie noch am meisten natürliche Anlagen, sie verstehen mit dem Vieh umzugehen und greifen beim Pflügen, Aufladen, Graben, Hacken, kurz bei aller schweren Arbeit, fest zu. Und doch kommen, sie als selbständige Landwirte nicht vorwärts, da sie keine Übersicht haben und in den Tag hinein wirtschaften.

Eine ganz besondere Stellung nehmen die Krapse dem weiblichen Geschlechte gegenüber ein. Von früher Jugend an kommen sie aus den Liebeshändeln nicht heraus. Rücksichtslos stellen sie dem Weibe nach, das sie begehren, und fast immer haben sie Erfolg. Sie sind als Liebhaber feurig, als Ehemänner brutal. Was ein echter Kraps ist, der prügelt sein Weib. Meist folgt in ihren Ehen ein Kind schnell nach dem andern; viele von diesen Kindern sterben jung, die Frauen altern frühzeitig und folgen ihren Kleinen. Ein Witwer Kraps aber ist selten um eine neue Braut verlegen. Und er findet auch stets ein Mädchen, das es mit ihm versuchen wird. Umarmungen und Prügel abwechselnd ist, was ihrer an der Seite des Eheherrn wartet.

Aber die Krapse haben nicht lauter schlechte Eigenschaften. Sie sind zum Beispiel ehrlich. Ihre Strafliste mag noch so schwere Delikte enthalten, Diebstahl und Betrug sind nicht darunter. Ausgesprochener Familiensinn ist ihnen eigentümlich; ein Kraps wird seinen Vater oder Bruder nicht im Stiche lassen in Not, wird ihm aushelfen, so lange er selbst noch etwas hat. Die Krapse sind große Tierfreunde, und über den Tod der Kuh werden sie sicherlich salzigere Thränen vergießen, als an der Leiche der Lebensgefährtin. Auch sind sie leicht gerührt. Der Prediger, der es versteht, sie im richtigen Moment mit dem rechten Worte zu fassen, wird sie zu einer Art Zerknirschung bringen, und vielleicht sogar zu Besserungsversprechen, die freilich keine Folgen haben.

Ich sprach bisher nur von den Söhnen dieser merkwürdigen Familie. Die Töchter unterscheiden sich stark von ihnen. Einmal sind sie nicht so häßlich wie die echten Krapse – ja, ich habe Schönheiten unter ihnen gesehen – sodann ist ihr Charakter auch milder, stetiger, mit einem Worte, gezähmter. Sie werden, wenn sie heiraten, meist tüchtige Hausfrauen, sind arbeitsam und ordentlich, halten das Geld zusammen und sind gute Mütter. Bei ihrer Nachkommenschaft aber schlagen die üblen Seiten der Krapsnatur nicht durch. Ich kenne unter den Kindern und Enkeln solcher Mütter manch tüchtigen Mann in der Zälowitzer Gemeinde.

Die Begüterung der Familie wechselt. Mehrfach haben Krapse wohlhabende Frauen geheiratet, aber fast immer haben sie auch deren Vermögen durchgebracht. Grundbesitz, wenn ihnen solcher zufällt, bleibt selten lange in ihren Händen. Aber zur Ehre der Krapse sei gesagt, daß sie nie so tief sinken, um der öffentlichen Armenpflege anheimzufallen. Sie haben nämlich ihren Ehrbegriff, wenn dieser auch eigener Art ist. Im Zuchthaus, Gefängnis oder in der Korrektionsanstalt gewesen zu sein, bedeutet für einen echten Kraps nichts, ja, es ist bei ihm fast Regel, einen Teil seines Lebens in solchem Institut zugebracht zu haben. Aber ins Armenhaus zu gehen, würde ihm sein Stolz niemals erlauben.

Die Stellung, welche diese Leute innerhalb der Gemeinde einnehmen, ist eigentümlich genug. Die meisten Nachbarn fürchten sich ein wenig vor ihnen. Man läßt einem Kraps manches durch, was einem anderen gerügt werden würde, nur um ihn nicht zu reizen. Und das hat eine gewisse Berechtigung. Mit Gewalt ist bei dieser Art Leuten gar nichts auszurichten, eher mit Ruhe und Milde. Man darf nicht vergessen, daß sie unter ihrem unglücklichen Charakter handeln wie unter einem Zwange. Wer weiß denn, welche Todsünden ihrer Vorfahren sie in ihrem Blute abbüßen!

Einmal hatte es den Anschein, als sollte die Kraps-Familie in Zälowitz aussterben. Kurz hintereinander waren mehrere Krapse im blühenden Mannesalter dahingefahren, ohne männliche Nachkommenschaft zu hinterlassen. Nur noch ein Erwachsener war da, Hermann mit Vornamen. Seine drei Brüder waren alle auf ungewöhnliche Weise umgekommen. Der eine, jener Wildschütz, fand sein Ende durch die Kugel, dann kam einer, der beim Kartenspiel in der Schenke vom Schlage gerührt unter den Tisch gefallen war. Der dritte endlich starb, von einem Eisenbahnzuge überfahren, als er dem herabgelassenen Schlagbaum zum Trotze über das Gleis laufen wollte.

Auf zwei Augen nur noch ruhte also jetzt die Zukunft dieses Stammes. Hermann war ein echter Kraps. Schon auf der Schule nahm er die Gelegenheit wahr, das zu beweisen. Die Kenntnisse, die er sich in der Schulzeit angeeignet hatte, waren die denkbar knappsten. Er wollte Schmied werden und kam zu einem Meister der Nachbarschaft in die Lehre. Der Mann, der schon manchen jungen Burschen ausgebildet hatte, verfluchte bald die Stunde, wo er Hermann Kraps in seine Werkstatt aufgenommen. Nun gab es immerwährend Streit. Die Kunden beschwerten sich über den »ruppigen Bengel von einem Lehrling«. Und außerhalb der Lehre trieb ers noch schlimmer. Bei jeder Prügelei, die in Zälowitz und Umgegend vorfiel, war Hermann Kraps gewiß, unter den Beteiligten. Bei keinem Tanze in den Schenken der Nachbarschaft durfte er fehlen. Auch er hatte das Glück beim weiblichen Geschlecht, das den Krapsen als besondere Gabe in die Wiege gelegt ist. Davon sollte sein Meister und Hauswirt einen schmerzlichen Beweis erhalten. Kurz nachdem Hermann Kraps die Werkstatt verlassen hatte, um sich auf Wanderschaft zu begeben, stellte es sich heraus, daß die Tochter des Hauses ein Kind von ihm unter dem Herzen trug.

Beim Militär führte sich Hermann Kraps Verhältnis' mäßig gut auf. Er war zur Kavallerie ausgehoben worden. Liebe und Verständnis der Krapse für das Tier war auch ihm eigen, er zeichnete sich als tüchtiger Pferdewärter aus und wurde Stallbursche bei seinem Rittmeister. Als solcher nahm er eine bevorzugte Stellung ein in der Schwadron, hatte hübsche Einnahmen und genoß mehr Freiheit als die anderen. Bald war ein Verhältnis angeknüpft mit der Kellnerin einer Bierwirtschaft, das ihm manchen Freitrunk verschaffte und allabendlich die leckersten Speisereste. Kurz, der Dragoner Kraps besaß eine in jeder Beziehung beneidenswerte Stellung.

Ganz am Schlusse der Dienstzeit kam die Kraps-Natur doch noch zum Durchbruch. Seine Freundin, die Kellnerin, hatte noch einige andere Verehrer. Kraps wußte das, drückte aber ein Auge zu, solange er der einzige war und blieb, der von dem Mädchen mit den bewußten Speiseresten versorgt wurde. Ob sie mit ihren Zärtlichkeiten haushälterisch sei, kümmerte ihn weniger; bei diesem Verhältnis gab der Magen den Ton an. Neuerdings nun schloß er aus dem Geringerwerden der ihm gereichten Portionen, daß er einen Rivalen haben müsse. Sein Verdacht richtete sich auf einen wohlgenährten Unteroffizier von der Artillerie, mit dem das Mädel schön that. Anfangs knurrte der Dragoner nur, dann ließ er nach beliebter Kraps-Manier das Frauenzimmer seine Faust verspüren. Durch das Geschrei des Mädchens gerufen, kam der Wirt herbei und verwies dem Störenfried das Lokal. Da zog Kraps blank, verwundete den Wirt, schlug alles im Zimmer kurz und klein, wehrte sich gegen eine Überzahl herbeigerufener Gäste wie ein Verzweifelter, bis es schließlich gelang, ihn zu fesseln und unschädlich zu machen.

Nachdem er die sechs Monate abgesessen hatte, zu denen ihn das Kriegsgericht verurteilt hatte, kehrte Hermann Kraps nach Zälowitz zurück. Er begab sich dort, da er das Schmiedehandwerk als allzu beschwerlich inzwischen an den Nagel gehängt hatte, zu einem Großbauern als Knecht. Der Mann war kränklich und brauchte zur Stütze seiner umfangreichen Wirtschaft eine männliche Kraft. Bald führte Kraps das Regiment auf dem Bauernhofe. Die Mägde tanzten nach seiner Pfeife, und auch die Bäuerin that mehr das, was der Knecht befahl, als was der Gutsbesitzer vom Krankenbette aus anordnete.

Der Bauer starb, und niemand, der die Entwicklung der Dinge aus der Nähe mit angesehen hatte, wunderte sich, daß bald nach des Mannes Tode die Witwe dem Knechte die Hand zum Ehebunde reichte. Die Frau war um einige Jahre älter als Kraps, aber immer noch ein stattliches Weibsstück zu nennen. Aus erster Ehe hatte sie nur einen Jungen.

Nun saß Hermann Kraps in einem Bauerngute drin. Zwar gehörte der Hof nicht ihm, sondern der Frau und dem minderjährigen

Kinde gemeinsam, aber er herrschte nichtsdestoweniger wie ein Herr darüber. Die Ackerwirtschaft langweilte ihn bald, Feld und Wiese zu versorgen hielt er Arbeiter und Mägde; er selbst warf sich auf den Pferdehandel. Bei der Truppe hatte er seinen Pferdeblick geschärft. Der Stall und die Wartung waren bei ihm in guten Händen. Er wäre ein tüchtiger Pferdehändler gewesen, wenn er nur vom Rechnen, Sparen und Zurücklegen mehr verstanden hätte. Aber bei dem vielen Hinundherziehen im Lande und dem Herumliegen in den Gasthäusern, ging alles wieder zum Teufel, was er etwa beim Handel gut gemacht hatte. Und daheim die Wirtschaft verlotterte von Jahr zu Jahr mehr. Denn Kraps konnte wohl fluchen und prügeln, aber die Leute anstellen, oder gar angeben, was in seiner Abwesenheit geschehen solle, das überschritt seine Fähigkeiten.

Im Hause ging es noch schlimmer zu. Sein Weib gebar ihm ein Kind nach dem andern, von denen mehrere zeitig starben. Die Frau hatte es nicht gut. Ihr ursprünglich kräftiger Leib, von den Geburten geschwächt, verfiel schnell. Die rohe Behandlung und die Erkenntnis, daß der Mann ihr und ihres Erstgeborenen Vermögen durchbringe, thaten das Ihre. Sie fing an zu kränkeln. Kraps hatte für Krankheit keine Geduld. Eines Tages, als er mit neugekauften Pferden vom Markte zurückkam, fand er sie bettlägerig. Er zwang sie, das Bett zu verlassen und in der Wirtschaft zuzugreifen. Aus Angst vor seinem Zorn that die Frau, was ihr geheißen. Dazu war sie in gesegneten Umständen. In der Nacht verfiel sie in schweres Fieber und starb nach einigen Tagen an Gehirnentzündung.

Bei der Erbschaftsregulierung stellte sich die Entwertung des Bauerngutes in ihrem ganzen Umfange heraus. Das Vormundschaftsgericht mischte sich ein, trennte das Kind erster Ehe von dem Stiefvater und verpachtete das Bauerngut zu Gunsten des Bevormundeten.

Kraps, mit seinen zwei am Leben gebliebenen Kindern belastet, beides Mädchen, mußte wieder Stellung suchen. In seiner Heimat wollte niemand mehr was von ihm wissen. Im allgemeinen ist man zwar beim Landvolk nachsichtig gegen Fehltritte und nicht allzu feinfühlig; die Thatsache, daß einer gesessen hat, zum Beispiel, macht ihn noch nicht unmöglich bei seinesgleichen. Aber Hermann

Kraps hatte es doch zu toll getrieben. Man rechnete ihm den Tod seiner Frau als Mord an, der nur nicht herausgekommen war. Es kam hinzu, daß damals gerade sein Bruder, der Wilderer, ein Ende fand, das allgemein als Gottesgericht aufgefaßt wurde. Man war der Krapse und ihrer Gewaltthätigkeit herzlich satt, und wünschte den einzigen noch Überlebenden fort aus der Gegend.

Hermann Kraps that den Leuten den Gefallen, er ging. Seine beiden kleinen Mädel ließ er in Pflegschaft zurück. Für manches Jahr galt er in Zälowitz als verschollen. Die Töchter wuchsen heran, eine heiratete im Dorfe, die andere ging nach auswärts in Stellung. Der Name Kraps wurde nicht mehr gehört. Die Familie schien für alle Zeit erloschen. Man erzählte sich in Zälowitz nur noch von ihnen und ihren Thaten unheimliche Geschichten. Eine Art Mythus spann sich um das Geschlecht.

Da nach etwa zwanzigjähriger Abwesenheit trat auf einmal Hermann Kraps wieder in Zälowitz auf. Er war zum Krüppel geworden. Ein Pferd hatte ihm mit dem Hinterhuf den Knochen am rechten Unterarm dicht über dem Handgelenk zerschmettert. Der Bruch wäre vielleicht geheilt, wenn Kraps den Gipsverband ertragen hätte. In seiner Unleidigkeit riß er den Verband ab, und wurde daran schuld, daß er fürs Leben einen unbrauchbaren rechten Arm behielt. Auch sonst war der alte Mann tief herabgekommen und körperlich arg vernachlässigt.

Für die Gemeinde war es keine angenehme Überraschung, als der Totgeglaubte auf einmal wieder auftauchte. Man erwog ernsthaft, wie man ihn abschieben könne; was ja, wenn ihm niemand Obdach und Beschäftigung gewährte, auch nicht so schwer gewesen wäre.

Aber die verheiratete Tochter nahm sich des Krüppels an. Ihr Mann war Tiefbauarbeiter, und einen großen Teil des Jahres bei Anlage von Drainagen, Teichen und Bahndämmen auswärts auf Arbeit. Die Frau konnte jemanden gebrauchen, der ihr in der Wirtschaft half; dazu langte des Vaters linker Arm immer noch aus.

So war denn Hermann Kraps wieder in Zälowitz, dem Schauplatz seiner Jugendstreiche. Wer ihn von früher her kannte, wunderte sich, wie zahm er geworden. Seine steife Hand mochte ihn vor manchem bewahren, außerdem paßte ihm auch seine Tochter, die eine ordnungsliebende Frau war, gehörig auf.

Einige Jahre lebte Hermann Kraps so, ohne daß sich etwas Bemerkenswertes mit ihm zugetragen hätte. Er verlor mehrere Zähne, was ihn nicht gerade verschönte, und sein struppiger Bart, sowie das Wollhaar auf seinem großen Schädel wurden grau. Obgleich er die Sechzig nunmehr erreicht hatte, war er doch noch ein kräftiger Mann zu nennen, und seine dunklen, trotzig blitzenden Augen sprachen dafür, daß er noch keineswegs matt und abgestumpft sei.

In dem Hause, das seiner Tochter und ihrem Manne gehörte, wohnte in einem angebauten Zimmer nach hinten hinaus eine Witwe mit ihren Kindern zur Miete. Es waren ganz arme Menschen, die sich im Winter mit Weben, im Sommer mit Tagelöhnern durchschlugen. Das älteste Mädchen hieß Marie. Auf ihr ruhte, da die Mutter an schwerem Rheumatismus litt, die Sorge für das Ganze. Sie sorgte für die jüngeren Geschwister, kochte, nähte, flickte, wusch und fand nebenbei auch noch Zeit, verdienen zu helfen. Marie war ein außergewöhnlich solides, vernünftiges und besonnenes Geschöpf. Niemals sah man sie an den Vergnügungen ihrer Altersgenossinnen, an Tanz, Theaterspiel, Landpartieen teil nehmen. Dabei war sie eines der hübschesten Mädchen ihrer Generation, mit großen, nachdenklichen Augen und von einer Zartheit der Hautfarbe, wie man sie unter den Frauen der arbeitenden Klasse selten findet. Es lag etwas Verfeinertes, Besonderes und höchst Anziehendes über diese Erscheinung gebreitet. Marie schien sich dessen auch bewußt zu sein, denn sie hielt auf sich, kleidete sich stets sauber und passend.

Das Mädchen war mir aufgefallen durch sein nettes, bescheidenes Benehmen, und ich freute mich stets, wenn ich ihr in der Dorfstraße begegnete. Mein Erstaunen war daher groß, als ich hörte, daß sich Marie mit einem Manne eingelassen habe, und daß ihr Verkehr nicht ohne Folgen bleiben werde. Als ich aber erfuhr, wer ihr Liebster sei, verwandelte sich mein Befremden in Entrüstung.

Dieses liebliche Geschöpf, das die Schamhaftigkeit in Person zu sein schien, und der alte, häßliche, wüste Kraps! – –

Wie es ihm gelungen, das Mädchen zu verführen, weiß ich nicht. Gewiß hat der Umstand, daß sie unter einem Dache lebten, mit geholfen. Vielleicht mag – das nehme ich zu Mariens Gunsten an – Mitleid seine Rolle bei dieser erstaunlichen Verirrung gespielt haben. Vielleicht auch imponierte ihr die ungebrochene, animalische Kraft, die Brutalität dieses alten Burschen; Eigenschaften, denen mehr Frauen zum Opfer gefallen sind, als ihrer vor Schönheit, Liebenswürdigkeit und Grazie kapituliert haben.

Wie die Dinge nun einmal lagen, war es das Beste, daß Marie und Kraps einander heirateten. Sie bezogen ein einziges kleines Zimmer zur Miete. Gelebt sollte werden von dem, was Marie verdienen würde. Selbst etwas zu erwerben, gedachte Kraps nicht.

Er saß auf einmal wieder ganz auf dem hohen Pferde, seit er diesen Bund geschlossen hatte. Mit der Tochter, bei der er bis dahin gelebt, brach er, weil sie seine Verbindung nicht billigte. Jede Andeutung, daß er unrecht thue, jeden schiefen Blick, eine Bemerkung nur über den Altersunterschied zwischen ihm und Marie, beantwortete er damit, daß er seinen gesunden Arm drohend erhob und erklärte: er habe in seiner linken Faust mehr Kraft als irgend einer in Zälowitz in beiden zusammen. Er war wieder ganz der alte; händelsüchtig, trotzig und frech.

Marie schenkte ihm ein Mädchen; ein Jahr darauf ein Zwillingspaar von Jungen. Das kleine Mädel blieb am Leben, die Zwillinge starben. Marie kam bald genug tief herunter, Ihre feinen Züge zwar waren nicht gänzlich zu verwüsten, und die schönen Augen behielt sie; aber ihre Gestalt verfiel, sie vernachlässigte sich in Kleidung und Haltung, bot schnell das Bild eines herabgekommenen Weibes. Er schlug sie. Dazu reichte sein linker Arm, den er durch Arbeit nicht schwächte, vollständig aus. Auch hatte er sich neuerdings angewöhnt, in der Wut um sich zu beißen.

Da Marie seiner Ansicht nach mit dem Weben nicht genug verdiente, war er auf eine neue Erwerbsart für sie verfallen. Er schaffte einen Handwagen an; in den spannte er nicht etwa ein Pferd oder einen Hund, sondern seine Frau. Er selbst ging nebenher, sie von Zeit zu Zeit mit Fluchen antreibend. So zogen sie durch die Dörfer, sammelten Lumpen und Knochen und allerhand andere Abfälle, die er in die Papierfabriken und Knochenmühlen verhandelte.

Das arme Weib mußte einen jammern; aber helfen konnte ihr niemand. Es giebt kein Gesetz, das den schützt, der sich freiwillig zum Sklaven macht. Es giebt auch keines, das ein liebendes Weib vor der Schlechtigkeit dessen rettet, dem ihre Liebe gilt.

Marie liebte diesen Menschen. Es konnte kein Zweifel darüber bestehen. Sie hätte alles gethan ihm zu Liebe. Wenn sie keuchend den schweren Wagen zog, weit vorgebeugt, die Gurte kreuzweis über die Brust befestigt, die Schultern einstemmend, daherschritt in zerrissenem Schuhwerk, bei jeder Witterung auf öder Landstraße, mit scheuem Blick nach hinten, ob er nicht vielleicht aushole zum Schlage, so glaube ich, empfand sie tiefe Befriedigung in dem Bewußtsein, ihm zu dienen, den sie sich auserkoren hatte zu ihrem Gebieter.

Einen Beweis, wie Marie den Menschen liebte, lieferte sie, als Kraps wieder mal auf einige Monate ins Gefängnis wandern mußte. Er hatte sich nämlich gegen einen Gendarmen, der ihn nach dem Hausierschein fragte, thätlich vergangen und ward wegen Widerstandes verurteilt. Jeder, der Mariens Schicksal kannte, freute sich für die Frau, daß sie den Unhold nun für einige Zeit los sei. Marie dachte anders. Die Augen wollte sie sich ausweinen nach ihm, und als das Gefängnis ihn nach verbüßter Strafe endlich wieder herausgab, war es der größte Freudentag ihres Lebens.

Aber auch für Hermann Kraps kam die Stunde, wo alle Widerspenstigkeit und aller Trotz nichts mehr helfen. Ein Schlaganfall traf ihn, lähmte ihm den gesund gebliebenen Arm. Seine Frau pflegte ihn mit aufopfernder Liebe ein paar Wochen lang. Dann kam ein zweiter Anfall, der tödlich war.

Selten wird ein Mensch aufrichtiger betrauert worden sein als Hermann Kraps von Marie.

Diejenigen, welche es mit Zälowitz und seiner Bewohnerschaft gut meinten, atmeten auf, als der letzte Kraps gestorben war. Gott sei Dank, nun war diese unselige Rasse ausgetilgt! Ein Glück, daß der letzte seines Stammes nur eine Tochter hinterlassen hatte! –

Aber wir sollten noch eine Enttäuschung erleben. Einige Zeit nach dem Todesfall verbreitete sich das Gerücht, daß Marie guter Hoffnung sei, und ein halbes Jahr nachdem der letzte Kraps vom Leben Abschied genommen hatte, erblickte ein neuer Kraps das Licht der Welt.

Der Junge ist jetzt zwölf Jahre alt. Er heißt wie sein Vater: Hermann. Er hat die Krapssche Häßlichkeit geerbt, ist kräftig gebaut, und sieht nicht aus, als wolle er durch die Welt gehen, ohne sich darin unangenehm bemerkbar zu machen. Der Lehrer klagt über ihn als einen Knaben, an dem alle erzieherischen Mittel stumpf würden.

Ich erkundigte mich bei seiner Mutter nach Hermann, ermahnte sie, doch ja recht acht zu geben, daß sie sich mit ihm nicht eine neue Rute aufbinde. Marie lobte den Jungen nach allen Prädikamenten; es gäbe kein besseres Kind.

Sie liebt ihn sehr und zieht ihn der Tochter, die mit ihren sanften Augen und der zarten Haut ein Ebenbild darstellt von dem, was Marie vor zwanzig Jahren war, entschieden vor.

Da mir der Mutter günstiger Bericht über Hermann nicht recht glaubwürdig klang, so erkundigte ich mich bei Leuten, die mit der Witwe Kraps im selben Hause wohnen. Da erfuhr ich genau das, was ich, wie ich nun mal die Krapse kenne, von diesem Sprößling erwartet hatte. Er ist trotzig, tückisch und bissig, hat mit aller Welt Streit, mißhandelt die Schwester und schlägt seine Mutter.

Ich fürchte, wir werden von ihm noch mancherlei zu hören bekommen.

Zittelgusts Anna

Der Weber Zittel wohnte in dem belebtesten Teile des Dorfes, dort, wo von alters her Kirche, Pfarrhaus und Schule standen und wo sich neuerdings neben dem Bahnhofe eine Fabrik aufgethan hat. Das kleine Häuschen, welches er bewohnte, gehörte ihm nicht; er hielt Stube und Kammer nur als Mieter inne. Viel Platz brauchte er ja auch nicht, da er Witwer war und nur ein einziges Kind besaß: die zwölfjährige Anna. Ehemals war die Familie freilich stärker gewesen. Im Laufe ein und desselben Jahres waren dem Manne die Frau und zwei blühende Kinder weggestorben, ihn mit dem jüngstgeborenen kränklichen Mädchen allein lassend. Die Gesunden waren gegangen und die Schwächlichen zurückgeblieben.

Zittelgust stammte aus einer Familie, die seit ungezählten Generationen sich den Lebensunterhalt durch Handweberei verdiente. Er war ein langer, hagerer Mann mit schmaler Brust, völlig bartlos, die hohe Stirn über den tiefliegenden Augen setzte sich in eine glänzende Platte fort. Nur im Genick hing ihm von einem Ohr zum anderen ein schmaler ausgefranster Kragen dunklen Haares als letzter Rest ehemaliger Pracht. Der Kopf glich dem eines Gelehrten; aber es war Entbehrung, schlechte Ernährung, Stubenluft, nicht geistige Arbeit, was diesem Gesichte den Stempel der Vergeistigung aufgedrückt hatte.

Man mußte den Mann gehen sehen: die Schultern zusammengezogen, den Kopf geduckt, die Kniee gekrümmt, und man verstand, daß er Armut, Elend und Unverstand vergangener Geschlechter an seinem erschlafften, ausgemergelten, knochenschwachen und bleichsüchtigen Leibe abbüßte.

Zittelgust war als echter Weber abgesagter Feind der frischen Luft. Der muffige Dunstkreis der niederen Holzstube, in der vom frühen Morgen an gegessen, gekocht, gewirkt, getrieben und gespult wurde, bedeutete ihm altgewohntes und geliebtes Lebenselement. Wie etwas Kostbares, ja Geheiligtes, wurde diese Luft gehütet; Thür und Fenster, durch die sie hätte entweichen können, blieben Sommer und Winter hindurch sorgfältig verschlossen.

Man ging den ganzen Tag in Hemdsärmeln, barfuß oder in Holzpantoffeln einher. Stiefel, Rock und Kopfbedeckung, wurden eigentlich nur zum Kirchgang angelegt. Selbst zum Nachbar über die Straße sprang man in dieser unvollkommenen Bekleidung, wenn nicht vorgezogen wurde, das Schiebefenster zu öffnen, das nur so groß war, den Kopf hinauszustecken, um auf diese Weise Neugier und Klatschsucht zu befriedigen und den Bedarf an wissenswerten Ereignissen und Nachrichten einzuziehen.

Der Webersmann war glücklich und zufrieden bei dieser Art Leben. Den Tod seiner Frau und der beiden Kinder hatte er längst verschmerzt. Zittelgust war Philosoph. Sie, hatten eben etwas zeitiger dran glauben müssen, tröstete er sich. Um die Frau grämte er sich noch am meisten; sie fehlte ihm besonders anfangs sehr empfindlich im Hauswesen. Die beiden Kinder aber vermißte er kaum. Sie hatten ihm mehr Not und Sorge gemacht als Freude. Für den Armen fällt es eben schwer ins Gewicht, wieviel Menschen an seinem Tische niedersitzen. Jetzt, wo die Familie klein war, ließ sie sich auch billiger ernähren. Er hatte in den letzten Jahren sogar anfangen können, von seinem Weberverdienst zurückzulegen, woran vordem nicht zu denken gewesen.

Anna, sein einziges überlebendes Kind, machte ihm wenig. Not. Sie war ein kleines, blasses, schmales Ding, der Körper in der Entwicklung stark zurückgeblieben, während das Gesicht mit seinen ausgearbeiteten Zügen den Eindruck der Frühreife hervorrief. Aus großen, verständigen Augen blickte die Zwölfjährige in die Welt, maß kritisch alle Erscheinungen, die in ihren Gesichtskreis traten, mit ihrem altklugen Kinderurteil. Ihr schmaler Mund verzog sich leichter zu einem spöttischen Lächeln, als daß er ein fröhliches Gelächter oder Schreien hätte hören lassen. Denn dieses junge Geschöpf, das nur die Weberstube, ein Stückchen Dorfstraße und die Schulbank kannte, hatte doch ein fertiges Weltbild im Kopfe, war ein kleiner selbstbewußter, spröder, scharf beobachtender und scharf urteilender Mensch.

Jung wie sie war, hatte Anna schon mancherlei durchgemacht. Sie war das Sorgenkind der Mutter gewesen, von ihr verwöhnt und verhätschelt, von den älteren Geschwistern eher scheel als freundlich angesehen und gelegentlich geneckt und gequält. Dann mit einem Male durch der Mutter Tod verwaist und als einziges Kind eine viel wichtigere Person, als vordem.

Sehr bald wurde sich Anna ihrer besonderen Stellung bewußt. Schon in zartem Alter übersah sie ihren Vater. Der Witwer war ängstlich von Natur, ratlos, zaghaft und in allem, was nicht sein Gewerbe betraf, unbeholfen. Er bedurfte der Abwartung und Fürsorge, war gewöhnt, daß ihm jemand das Essen zubereite, sich um seine Kleidung kümmere, alles, was nötig, herbeischaffe und bedenke, während er vom frühen Morgen bis in die sinkende Nacht am Webstuhl saß. und wirkte.

Die kleine Anna nahm nach und nach die Führung des Hauswesens an sich. Große Kochkünste waren eben nicht nötig. Frühmorgens Haferschleim, mittags Kartoffeln und Heringstunke, im besten Falle gab es mal Speck dazu oder Wurst, abends wieder Kartoffeln mit Salz und Schmalz; die übrigen Mahlzeiten wurden mit Butterschnitten und Kaffee bestritten.

Früh, ehe Anna zur Schule ging, setzte sie das Essen, an, schärfte dabei dem Vater ein, daß er gelegentlich nachlege und den Topf rücke. Wenn sie wiederkam, füllte sie dann die Speise um in die große runde Schüssel, aus der sie Tag aus Tag ein gemeinsam aßen. Den trüben und herzlich dünnen, Kaffee trank man dazu aus braunen Henkeltöpfen. Zwar besaß man Teller und Tassen; Blumen waren darauf gemalt, Rosen und Vergißmeinnicht, auch mancher sinnige Spruch in Goldschrift. Wohlverwahrt standen solche Kostbarkeiten im Spind; aber nur zum Staatmachen waren sie da. Auf den Gedanken, dergleichen zum Essen und Trinken zu benutzen, wäre man niemals gekommen.

Bei diesen beiden Menschen drehte sich von früh bis spät alles um die Weberei. Zittelgust arbeitete für einen Fabrikanten, der eine größere Anzahl Handweber beschäftigte.. Da der Weber sich um nichts weiter zu kümmern brauchte als um die Leinewand, die er gerade auf dem Stuhle hatte,, da keine Feldarbeit, keine andere Hantierung ihn abzog, brachte er eine Menge vor sich. Die kleine Anna stellte ihm auch darin eine tüchtige Gehilfin. Zwar zum Wirken war sie zu schwächlich, aber das Treiben und Spulen hatte sie schon früh gelernt. Auch beim Andrehen und Scheren ging sie dem Vater zur Hand, wie beim Aufbäumen der Kette. War aber einmal das Garn verworren oder der Faden gerissen, dann verstand sie es mit ihren geschickten kleinen Fingern, wie niemand anders, das Ganze wieder in Schuß zu bringen.

In allen schwierigen Fragen verließ sich der Vater auf sie. Zittelgust war zwar durchaus nicht etwa dumm, aber die angeborene Ängstlichkeit hinderte ihn häufig, von seinem Verstande Gebrauch zu machen.

Wenn nicht die kleine Anna gewesen wäre, hatte er sich von aller Welt übers Ohr hauen lassen. Aber das Kind war auf dem Posten; Anna paßte auf, daß der Kaufmann den Vater nicht überteure, sie kümmerte sich darum, ob der Fabrikant die entsprechende Menge Garn geliefert habe, und daß dem Weber bei Ablieferung der Leinewand keine ungerechtfertigten Abzüge gemacht würden.

Bei alledem versäumte das Kind seine Schulpflichten nicht. Anna Zittel war eine der besten Schülerinnen der Dorfschule. Sie schrieb eine saubere Handschrift, rechnete fix und konnte ihre Gesangbuchlieder und Bibelsprüche so gut auswendig, daß man sie mitten in der Nacht hätte wecken können, und auf das betreffende Stichwort würde sie Vers oder Lied heruntergeschnurrt haben, wie der Leierkasten sein Stücklein.

Sie war daher ein besonderer Liebling der Lehrer und wurde den anderen Mädchen immer als Beispiel von Fleiß und guten Sitten vorgehalten. Vielleicht war ihr Verdienst nicht so sehr groß; schwächlich wie Anna war, konnte sie an dummen Streichen kaum teilnehmen. Und das Lernen wurde ihr eben leicht.

Anna war sich bewußt, etwas Besonderes zu sein. Mit stiller Verachtung blickte sie auf die anderen, minderbegabten Mädchen herab; die Jungen aber, die auf der anderen Seite der Schulstube saßen, waren ihr wegen ihrer Begriffsstutzigkeit lächerlich und wegen ihrer Unmanierlichkeit ein Greuel.

Sie las gern und war die fleißigste Kundin der Schulbibliothek. Die Bücher, die sie von dort mit nach Haus brachte, pflegte sie abends ihrem Vater vorzulesen. Der hatte, wenn er Tags über am Webstuhle saß, bei seiner mechanischen Tretarbeit Zeit genug, das Gehörte weiter auszugrübeln und zu Ende zu spinnen.

So lebten diese beiden Menschen glücklich und zufrieden mit einander. Zittelgust vermißte das verstorbene Weib kaum noch; seine Anna ersetzte ihm die Lebensgefährtin vollauf. Daß ihn das Töchterchen ein wenig tyrannisierte, empfand er nicht unangenehm; er wollte es gar nicht anders haben.

Der altersgebräunte Webstuhl aber in der Ecke, der nun schon der dritten Generation diente und manches Tausend Ellen Ware geliefert haben mochte, ließ unter dem gleichmäßigen Treten des Webers seinen altmodischen Rhythmus erklingen. Da ratzte das Trittschemelgeschlinge, der Schützen sauste geschäftig hin und her und schlug schlitternd in die Kammer, und die Lade brummte und dröhnte, daß man schon von weitem auf der Dorfstraße des Meisters regen Fleiß an der Melodie erkannte, die sein Webstuhl sang.

Selten kam mal jemand zu Besuch. Bei Zittelgust gabs wenig zu holen, das wußten die Nachbarn. Während Witwer sich sonst oftmals nicht retten können vor dem Ansturm der ledigen Weiber, die ihnen aus Christenliebe helfen und raten wollen in ihrer Einsamkeit, blieb Zittelgust ziemlich verschont von solcher Zudringlichkeit. Er war eben ein armer, dürftiger Schlucker, und keine mannbare Jungfer, keine einsame Wittib riß sich darum, Nachfolgerin zu werden der verstorbenen Frau Zittel.

Nur eine Person kam häufiger ins Haus, das war die Rötschken. Sie war eine Handelsfrau. Ihr Mann besaß draußen am Walde ein Häuschen mit etwas Feld dazu. Die Rötschken hatte kein leichtes Leben. Ihr Mann war ein Bruder Liederlich und Trinker. Sie mußte ihn mitsamt den beiden Kindern erhalten. Wenn sie nicht auf dem Felde arbeitete, dann fuhr sie im Lande umher und handelte mit Schürzenzeug, Haderstoff, Bändern und Leinwandresten, die sie billig aufkaufte und mit Profit loszuwerden suchte. Viel kam dabei nicht heraus: denn was sie etwa auf den Preis schlug, das mußte sie wieder für Eisenbahnfahrt und Schlafquartier an den fremden Orten ausgeben. So kam sie trotz aller Betriebsamkeit auf keinen grünen Zweig, aber sie erhielt sich und die Ihrigen doch wenigstens am Leben.

Mit Zittelgust war die Rötschken von Jugend auf gut bekannt. Sie stammten von einem Jahrgang, hatten in einer Klasse zusammengesessen, waren an einem Ostern konfirmiert worden.

Der Grund, weshalb die Handelsfrau so oft bei ihrem Freunde Zittel einkehrte, war ein praktischer: sie brauchte einen Platz zum Aufstapeln ihrer Ware. Statt die Ballen, Säcke und Stücke bis ans Ende des Dorfes, wo sie wohnte, hinauszuschleppen, ließ sie sie lieber hier in der Nähe des Bahnhofs. Bei Zittelgust war die Ware gut aufgehoben; der Weber nahm auch kein Lagergeld, im Gegenteil, wenn die Handelsfrau müde und hungrig von der Reife zurückkehrte, durfte sie sich in dieser Herberge ausruhen und wärmen, so lange sie wollte, und wenn es der Zufall oder die gute Nase der Rötschken wollte, daß sie in eine Mahlzeit fiel, dann bekam sie reichlichen Anteil von dem, was gerade auf dem Tische stand.

Dafür erzählte sie dann dem Weber, der nie aus seinen vier Pfählen herausgekommen war, wie es draußen in der Welt zugehe, wie schlecht die Menschen seien, welche Schwierigkeiten man habe, sein Geld von den Kunden hereinzubekommen, und welche Listen man anwenden müsse, um ehrlich durchzukommen. Auch die Sehenswürdigkeiten in den Städten wußte sie mit beredtem Munde zu schildern, gelegentlich auch flocht sie mal die Schilderung eines schrecklichen Unglücksfalles ein. Zittelgust hörte ihr mit offenem Munde zu; ihre Besuche bedeuteten ihm willkommene Zerstreuung. Die Rötschken mit ihren Erzählungen ersparte ihm das Halten einer Zeitung.

Lina Rötschke war ein derbes, rotwangiges, kerngesundes Frauenzimmer. Unverdrossen und skrupellos schritt sie durchs Leben. Jede Gelegenheit verstand sie auszunutzen, alles, auch das Geringste zu Rate zu ziehen. Wo hätte sie sonst bleiben sollen mit einem verschuldeten Grundstück, einem Mann, der trank, und Kindern, die noch nicht aus der Schule waren! – Sie hatte neben ihrem Hausierhandel noch einige kleine Nebenbeschäftigungen, die gelegentlich was abwarfen, so das Vermieten von Mägden an Bauern oder von Kindermädchen und Ammen in die Stadt. Auch mit Heiratsvermitteln gab sie sich ab, wenn es gerade in den Gang der Geschäfte paßte. Kurz die Rötschken war eine vielbeschäftigte, vielerfahrene Person, die nicht leicht etwas verblüffte oder ratlos fand.

Anna liebte die Freundin des Vaters nicht. Jedes Butterbrot, jede Tasse Kaffee, welche die Handelsfrau bei ihnen verzehrte, war in Annas Augen unverantwortliche Verschwendung. Daß der Vater so viel Gefallen fand an der Unterhaltung mit der Person, paßte ihr ganz und gar nicht. Anna war eifersüchtig, fühlte sich beeinträchtigt in dem, was sie für ihr alleiniges Recht ansah. Instinktiv witterte das Kind in dieser Frau eine Rivalin und lehnte sich gegen den fremden Einfluß, von dem sie ihr Machtgebiet bedroht sah, auf. Daß die Rötschken allerhand Versuche machte, ihre Freundschaft zu gewinnen, änderte nichts an Annas ablehnendem Verhalten. Das Kind ließ sich so leicht nicht kirren.

In der letzten Zeit klagte die Rötschken oft, wenn sie bei ihrem Freunde Zittelgust einkehrte, über schlechten Geschäftsgang. Auch daheim hatte sie viel Sorge und Not. Der Mann trieb es schlimmer denn je, in der Betrunkenheit schlug er alles kurz und klein. Ihre beiden Kinder, die nun aus der Schule waren, hatte sie in die Stadt gethan, den Jungen als Lehrling, die Tochter als Dienstmädchen. Das bedeutete eine Erleichterung, aber auf der anderen Seite fehlten ihr diese Hände in der Hauswirtschaft und auf dem Felde. Alles blieb da liegen; denn der Trunkenbold von Mann saß in der Schenke und wollte keine Arbeit anrühren.

Eines Tages nun kam die Rötschken in ungewöhnlicher Erregung zu Zittelgust herein. Sie war auf dem Wege zum Standesbeamten und zum Pastor. Ihr Mann war die Nacht zuvor im Säuferdelirium gestorben. Die Trauer der Jungverwitweten war zwar anscheinend nicht groß; immerhin brachte sie anstandshalber ein paar Thränen hervor, wohlbedacht, ihren Vorrat nicht vorzeitig zu erschöpfen. Denn sie brauchte deren noch im Pfarrhause und verschiedenen Freunden und Bekannten gegenüber.

Zum Begräbnis ging Zittelgust selbstverständlich mit. Anna hatte ihm den langschößigen Kirchenrock und den abgeschabten Cylinder ausbürsten müssen. Das Mädchen stand am Fenster, als der Zug vorbeikam. Ihrem Blicke entging nichts. Sie sah die Rötschken hinter dem Sarge schreiten, schwarz angethan, das weiße Taschentuch vor den Augen – wie es sich für die Witwe schickt – der Vater schritt unter den Nachbarn.

Dem Kinde war nicht wohl zu Mute. Ohne daß sie recht den Grund dafür gewußt hätte, sagte ihr eine dunkle Ahnung, daß für sie nunmehr böse Zeiten kommen würden.

Der Vater kam spät heim. Er war in einem Zustande, den sich Anna zunächst gar nicht erklären konnte. Er sang und erzählte allerhand verworrenes Zeug. Bis das Mädchen, als sie ihm den Kirchenrock abnahm, am Geruche merkte, daß er Schnaps getrunken habe. Sie hatten den Hingang des Säufers in der Schenke gebührend gefeiert.

Fortan kam die Rötschken öfters noch als vordem; war sie doch nun verwitwet und in ihrem Thun und Lassen unbehindert.

Nicht bloß um sich ein wenig auszuruhen, ihre Sachen abzulegen und eine Stärkung zu sich zu nehmen, sah man die Handelsfrau jetzt bei ihrem Freunde aus- und eingehen, auch außer der Zeit kam sie, blieb stundenlang; und manchmal sahen neugierige Augen sogar des Abends spät die Witwe das Haus des Witwers verlassen. Man fing an, über die beiden zu sprechen.

Der Weber Zittel begann seine Angewohnheiten völlig zu ändern. Er kaufte sich einen neuen Anzug. Beim Weben trällerte er allerhand lustige Melodieen vor sich hin. Des Abends ging er jetzt häufig aus, und Anna konnte nicht von ihm erfahren, wo er sich dann hinbegebe. Aber in ihrem klugen Kopfe brachte sie seine Ausgänge zusammen mit jener Frau, die sie niemals hatte leiden können.

Ein Gefühl großer Bitterkeit bemächtigte sich der Kindesseele. Die Kleine fühlte sich verdrängt, entthront. Den Vater zu pflegen, stets um ihn zu sein, ihn zu leiten und für ihn zu sorgen, war ihr gutes Recht und ganzes Glück gewesen. Nun wollte ihn ihr eine andere abspenstig machen! –

Anna machte kein Hehl aus dem, was sie empfand. Sie behandelte den Vater barsch und unfreundlich, seit der sich mit der Rötschken so tief eingelassen. Zittelgust hatte dem Kinde gegenüber kein gutes Gewissen. Wenn er des Nachts spät zurückkam, stahl er sich ins Bett wie ein Sünder, um Annas Fragen, wo er gewesen, zu entgehen.

Neun Monate etwa waren verflossen, seit die Rötschken ihren trunkenboldigen Mann beerdigt hatte, da kam sie eines Sonntags frühzeitig, um Zittelgust zum Kirchgang abzuholen. Sie war besonders feierlich angethan in einem lila Kleid, mit einem prächtigen Hut, von dem herab künstliche Blumen nickten, während man Lina

Rötschke bisher nur in einfachster Gewandung mit einem Kopftuch in der Kirchfahrt erblickt hatte.

Sie trug ein längliches Paket unter dem Arm, das sie mit feierlicher Miene auf den Tisch niederlegte. Dann rief sie die kleine Anna herbei, die verdutzt in der Ecke gestanden hatte, die ungewohnte Pracht dieses Aufzuges anstaunend.

»Na, kumm ack Madel! Bis ack nich tumm. Hier ha'ch der och was mitgebracht!« hieß es. Da Anna nicht dazu zu bewegen war, entfernte die Rötschken selbst die Hülle von dem Paket. Ein Stück bunten Kleidstoffs kam zum Vorschein. »Das is für dich, Madel, zu an Kleede. Sieh der 's ack an! Da wirst de schiene drin giehn, zur Huxt!« Dabei stieß sie Zittelgust, der verlegen kichernd dabei stand, mit dem Ellbogen an. »Nu ja doch! Se muß doch och mit zur Kirche, wenn der Vater sich a Weib nimmt! Heute is 's erste Aufgebot von der Kanzel, daß de 's nur weeßt!«

Anna sagte kein Wort des Dankes. Steif wie ein Stock stand sie vor dem Kleid, das sie geschenkt bekam.

Dann ging der Vater mit der Rötschken zur Kirche. Sie wollten sich doch der Gemeinde zeigen als Brautpaar und das Aufgebot persönlich mit anhören. Mittags kamen sie nach Haus und nahmen das Essen ein, das Anna gekocht hatte. Dabei gab es allerhand Scherze, verstohlenes Händedrücken, Anstoßen und Streicheln zwischen den Liebesleuten.

Anna saß mit weit aufgerissenen, erstaunten Augen dabei. Die beiden ließen sich durch die Anwesenheit des Kindes nicht in ihren Zärtlichkeiten stören. Nachmittags unternahmen sie einen Ausflug. Anna wurde zu Haus gelassen; es hieß, sie vertrage das weite Gehen nicht.

Es wurde über diese beiden viel im Dorfe hin und her gesprochen. Zwar war es durchaus nichts Ungewöhnliches, daß ein ehrbarer Witwer eine ehrbare Witfrau zum Weibe nahm – was man einmal mit heiler Haut durchgemacht hatte, konnte man schließlich auch ein zweites Mal riskieren. – Trotzdem forderte diese Verbindung das Kopfschütteln der Leute heraus.

Lina Rötschke war bekannt als eine praktische Frau, die das Gras wachsen hörte. Mit ihrem ersten Manne war sie hereingefallen, und nun, wo sie den glücklich los war, nahm sie sich, kaum daß das Trauerjahr um war, einen neuen. Und was für einen! –

Was versprach sie sich eigentlich von dem Weber? Dieser hiefrige, lendenlahme, dürftige Stubenhocker! Eine Frau wie sie, nahm es doch bequem mit einem halben Dutzend von seiner Sorte auf. Und dazu als Anhang das kränkelnde Kind von der ersten Frau. Ordentlich zugreifen würde Anna kaum jemals lernen und dabei wollte sie doch auch gefüttert sein.

So sprachen die Nachbarn weise hin und her. Da sah mans wiedermal, wie die Verliebtheit selbst die gescheitesten Weiber rappelköpfisch machte! –

Die Leute hatten gut reden. Die Rötschken wußte ganz genau, was sie that. Verliebtheit war kaum im Spiele; die lag nicht in ihrer Natur.

Lina Rutschte rechnete so: ihr erster Mann hatte ihr und den Kindern ein Grundstück hinterlassen, das hoch verschuldet war. Der Sohn, der sich an das Stadtleben gewöhnt hatte, bedankte sich dafür, ins Dorf zurückzukehren und dort unter schwierigen Verhältnissen zu wirtschaften; ähnlich hatte sich die Tochter geäußert.

Aber jemand mußte doch sein, der nach Haus, Stall und Feld sah, während die Besitzerin verreist war. Denn die Rötschken gedachte ihren Handel keineswegs aufzugeben; im Gegenteil, jetzt wollte sie das Geschäft in größerem Maßstabe betreiben. Sollte man nun für die kleine Wirtschaft eine Magd annehmen, oder gar einen Knecht? – Das kostete schweres Geld, und dann machten einem die Leute nichts recht, verdarben mehr, als sie schafften, und wenn man sie scharf rannahm, kündigten sie einem womöglich den Dienst auf. Alles das paßte der Rötschken nicht. Sie wollte jemanden haben, der ihr widerspruchslos Gehorsam leistete, der niemals aufmuckte und von dem man nicht befürchten mußte, daß er eines Tages davonlaufe.

Diese Person glaubte sie in dem Weber Zittel gefunden zu haben. Daß er ein Schwächling war, ängstlich und verschüchtert, sah sie natürlich auch. Aber in ihren Augen bedeutete das keinen Fehler. Ihr erster Mann war in seinen guten Tagen ein Riese gewesen an Kraft; gar manchmal hatte sie darunter zu leiden gehabt. Da lobte sie sich den sanften Gust, der würde ihr aus der Hand fressen. Daß er ein Kind mitbrachte in die Ehe, war zwar nicht angenehm; aber schließlich hatte jeder Mensch seine Fehler. Anna war kränklich und würde vielleicht jung sterben; und wenn sie am Leben blieb, konnte man sie beschäftigen mit Weben oder in der leichten Feldarbeit. Einen halben Dienstboten ersetzte einem das Mädel doch, wenn man sie richtig herannahm.

Alles das überschlug die kluge Frau im Geiste, stellte Ziffer gegen Ziffer, Posten gegen Posten. Und das Resultat der Berechnung war, daß ein Plus herauskam für die Verbindung mit Zittelgust.

Nachdem sie sich ihm einmal anverlobt hatte, nahm sie auch sofort alles energisch in die Hand. Die Wohnung, welche der Weber seit vielen Jahren innegehabt hatte, wurde gekündigt; in Zukunft sollte er ja bei ihr wohnen.

Zittelgust fügte sich murrlos in alles. Er war trotz seiner Jahre verliebt bis über die Ohren in die Braut. Ihm hing der Himmel voller Geigen. Nun werde er erst anfangen zu leben, glaubte er. Die Warnungen der Nachbarn wurden von ihm verlacht als müßiges Geschwätz oder boshafte Mißgunst. Und auch die trübe Miene seines Töchterchens beachtete er nicht weiter. Anna verstand wohl nichts davon, sah nicht, daß auch für sie dieser Wechsel ein großes Glück bedeute.

Leichten Herzens nahm er Abschied von allem, was bisher sein Glück ausgemacht, von den vier Wänden, in denen er mit der verstorbenen Gattin Leid und Freud durchlebt hatte.

Anders faßte die kleine Anna die Veränderung auf. Sie hing voll Liebe an dem Raume, der niederen Weberstube, in der sie ihr junges Leben zugebracht, an der ganzen vertrauten Umgebung, dem Stückchen Dorfstraße, das man vor den Fenstern hatte, an allem ringsum. Ihr war zu Mute, als müsse sie eine Reise antreten in ein fernes unbekanntes Land, weil sie diesen Teil des Dorfes verlassen und eine Viertelstunde weiter ziehen sollte.

An alles das aber, was die Rötschken erzählte von ihrem Hause, dem Grasgarten dabei mit den Obstbäumen, den Ziegen im Stalle, den Hühnern und Gänsen, die sie besitze, glaubte Anna einfach nicht. Und als sie es nach einem Besuche in dem neuen Heim doch schließlich mit eigenen Augen sah und nicht mehr wegleugnen konnte, verachtete sie es im Herzen. Ihre Holzstube war doch viel schöner gewesen, als alles, was die fremde Frau besaß. Das Kind war nun mal entschlossen, diese Person zu hassen, von der sie wußte, daß sie ihr und des Vaters Unglück bedeute.

Anna blieb still und verschlossen, klagte nicht, lebte alles das stumm in sich hinein. Was wollte sie thun? Sie war ja ganz in der Hand der Erwachsenen. Keinen Freund besaß sie, niemanden, dem sie ihr Leid hätte klagen dürfen.

Ihre Erholung war die Schule. Dort galt sie etwas, dort konnte sie zeigen, daß auch sie etwas sei. Während die anderen Mädchen ihres Alters bereits von Liebschaften tuschelten, sah sie dem Augenblicke, wo die Schulzeit zu Ende sein würde, mit Bangen entgegen. Denn was sollte dann aus ihr werden? –

Die Hochzeit hatte stattgefunden. Die Rötschken hieß nun Frau Zittel, und ihr Mann war mit der kleinen Anna zu ihr gezogen.

Das Haus lag als letztes des Dorfes oben am Waldrande. Den Kirchturm und die Fabrikesse sah man ganz aus der Ferne. Es war wirklich, als sei man in eine andere Welt versetzt. Hier gab es keine Dorfstraße, nur ein schmaler Feldweg verband das Häuschen mit der übrigen Welt. Zum Schulweg brauchte Anna jetzt eine halbe Stunde Zeit, während sie früher nur über die Straße gesprungen war.

Und gar verändert war das Leben, das sie hier oben führten. Wenn der Tag kaum graute, mußte aufgestanden werden. Die Hausfrau trieb ihre Leute zeitig aus den Federn und stellte sie zur Arbeit an.

Jede Minute war da ausgefüllt. Die Ziegen wollten gefüttert sein, die Eier mußte man zusammensuchen aus den Verstecken, wohin die eigensinnigen Tiere sie gelegt hatten. Und war man in Haus und Hof fertig, dann gings hinaus aufs Feld. Zittelgust, der niemals Hacke und Spaten in der Hand gehabt hatte, sollte bei seinen Jahren noch lernen, Feldarbeit verrichten. Er stellte sich dabei jedoch so hoffnungslos ungeschickt an, daß es die Frau bald aufgab, ihn vor die Egge zu spannen, ihn das Gras mähen oder das Getreide dreschen zu lassen. Nichtmal einen Schubkarren mit dem Jauchenzuber konnte er hinausfahren, ohne umzuwerfen. Schließlich richtete er nur Schaden an. Da war er noch besser hinter dem Webstuhle untergebracht.

Um so mehr wurde die kleine Anna von der Stiefmutter nützlich gemacht. Zu Arbeiten wie: Unkrautjäten, Gießen, Rechen, Heuwenden, Pflanzen, Kartoffelhacken und dergleichen war sie ganz gut zu verwenden. Auch das Besorgen des Kleinviehs hatte sie sehr bald erlernt. Im stillen wunderte sich Frau Zittel, wie geschickt und gelehrig das Kind sei. Nur aus dem Schlaf war sie so sehr schwer zu wecken. Ordentlich angefaßt wollte sie sein, um sie früh wach zu bekommen. Nun, daran ließ es die Stiefmutter nicht fehlen. Eine Dienstmagd konnte nicht schärfer zur Arbeit angehalten werden, als das schwache Kind.

Zittelgust saß also auch im neuen Heim Tag ein Tag aus am Webstuhl. Er war sehr fleißig. Hinter ihm stand seine Frau, die es nicht an aufmunternden Bemerkungen fehlen ließ, wie: wer essen wolle, müsse auch arbeiten, und sie habe keine Lust, einen faulen Mann auf ihrem Puckel durchzuschleppen.

Das Feld lag dicht am Hause. Selbst wenn sie draußen war, konnte die Gattin daher feststellen, ob der Mann daheim auch schön fleißig sei. Wenn dort der Webstuhl mal aussetzte, dann kam sie herbeigeeilt und fragte durchs Fenster: warum er nicht wirke.

Zittelgust fand, daß zwischen seiner ehemaligen Freundin, der Rötschken, und seiner jetzigen Frau ein gewaltiger Unterschied bestehe. Manchmal beschlich ihn ein Ahnen, daß er, als er den Witwerstand aufgegeben, die größte Dummheit seines Lebens begangen habe. Aber er hütete sich wohl, die Gattin von solchen Anwandlungen etwas merken zu lassen. Schlecht genug würde ihm das bekommen sein.

Die besten Zeiten für ihn waren die, wenn seine Frau verreiste. Dann kochte Anna für ihn, und er webte; das erinnerte beide an die schönen Zeiten, wo sie allein miteinander gehaust hatten. Aber selbst aus der Ferne übte die Gestrenge ein unsichtbares Regiment aus über die beiden Menschenkinder. Zittelgust sowohl wie Anna wußten, daß sie zurückgekehrt, mit scharfem Auge feststellen würde, was in ihrer Abwesenheit im Hause vor sich gegangen sei; ob Anna die Tiere gut versorgt und die aufgetragene Arbeit in Garten und Feld richtig ausgeführt habe. Wehe den beiden, wenn sie nach Ansicht der Hausfrau müßig gewesen waren. Dann gab es harte Worte. Und es blieb nicht immer beim Schelten allein. Frau Zittel hatte ein recht leichtes Handgelenk, das sie nicht gern aus der Übung kommen ließ.

Der Herbst kam heran. Die Äpfel und Birnen im Garten reiften. Aber Zittelgust und Anna, die vordem viel davon zu hören bekommen hatten, wie wohlschmeckend solcher Fruchtsegen sei, fanden sich betrogen in ihrer Hoffnung, hiervon etwas zu genießen. Das Obst wanderte zum Händler. Auch die Gänse und Hühner, die man mit soviel Mühe aufgezogen hatte, wurden zu Geld gemacht, statt daß man sie, wie Zittelgust allzukühn geträumt, in der eigenen Pfanne gesehen hätte.

Mit dem Herbst kam die kühlere Witterung, die kurzen Tage und langen Nächte. Ganz anders pfiff der Sturmwind hier oben um den Giebel, als unten im warmen Dorf, wo ein Haus das andere schützte. Anna lag manchmal des Nachts wach in ihrer Kammer und hörte mit Grauen, wie der Wind hohl tönend über das freie Feld gestrichen kam, und wie es im nahen Walde brauste, knackte, heulte und ächzte. Furchtbare Geräusche waren das für das Weberkind, das nur das gemütliche Klappern und Brummen des Webstuhls gewöhnt war. Die freie Natur flößte ihr Bangen ein. Der Wald, in den sie nie den Fuß gesetzt hatte, stellte sich ihrer Phantasie dar als der düstere Sitz einer Horde böser Geister, die es auf sie abgesehen hatten.

Noch Schlimmeres brachte der Winter. Hohe Schneemauern umgaben das kleine Haus, daß man kaum aus den niederen Fenstern blicken konnte. Da mußte die kleine Anna Besen und Schaufel zur Hand nehmen, um Weg und Steg frei zu machen.

Und dabei war sie so furchtbar müde, alle Glieder thaten ihr weh. Am liebsten wäre sie früh gar nicht mehr aufgewacht. Es kam vor, daß Anna in der Schule einschlief vor Ermattung. Schon lange gehörte sie nicht mehr zu den besten Schülerinnen. Sie, die Strebsame, Wißbegierige, war laß geworden, träge und gleichgiltig. Selbst der Konfirmationsunterricht, der nunmehr begonnen hatte, und die Aussicht, zu Ostern aus der Schule zu kommen, änderten daran nichts. Für sie gab's ja keine Hoffnung auf Besserung; ihr Leben würde nach wie vor elend und qualvoll bleiben. Viel besser wäre es gewesen, wenn der Tod sie mitgenommen hätte, als er damals die Mutter und die älteren Geschwister holte.

Wenn sie auf dem Wege zur Schule an dem Hause vorbeischlich, in dem sie vordem gewohnt hatte, dann kam ihr alles, was gewesen war, wie ein Traum vor. Kaum daß sie begreifen konnte, daß sie und die Anna von damals ein und dieselbe Person seien. Wie hatte sich in dem kleinen, einfachen Hause, das ihrer Erinnerung dennoch wie ein Paradies erschien, alles verändert. Hier wohnten jetzt Leute, die aus der Fremde zugezogen waren. Eine Familie mit einem Haufen halberwachsener Kinder, die in die nahe Fabrik auf Arbeit gingen. Laute, wilde Gesellschaft wars. Kein Webstuhl klapperte mehr in der Ecke. Wüst und schmuddelig sahen Wände, Fenster und Gerät aus, wie Anna feststellte, als sie von Neugier getrieben einen Blick in das alte, traute Stübchen warf.

Eines Morgens, als die Stiefmutter sie wie gewöhnlich frühzeitig weckte, vermochte Anna sich nicht vom Lager zu erheben. Es ging nicht, beim besten Willen gings nicht. Ihr Rücken war wie gebrochen.

Die robuste Frau hielt das für Verstellung. Sie wollte Anna mit Gewalt antreiben, riß sie aus dem Bett empor. Aber das hatte nur zum Erfolg, daß sich das Kind mühsam bis zur Thür schleppte und dort ohnmächtig zusammenbrach. Nun mußte Frau Zittel doch einsehen, daß es sich hier nicht bloß um Verstellung handle.

Anna konnte von da ab den weiten Schulweg nicht mehr zu Fuß zurücklegen. Man kam auf folgendes Auskunftsmittel: die Kinder der nächsten Nachbarn spannten sich vor einen Handwagen. Dahinein wurde Anna gesetzt. Leicht war sie ja! So ging es im Galopp, mit menschlichen Pferden, erst den schmalen Feldweg hinab und dann auf der Dorfstraße fort zur Schule. Mit gelblichem Gesicht, verlegen lächelnd, saß Anna in dem kleinen Fahrzeuge. Sie schämte sich, daß ihr Zustand auf diese Weise vor aller Welt offenbar werde.

Aber nach einiger Zeit ging das auch nicht mehr. Anna war zu schwach, das Bett zu verlassen. Lange wurde darüber hin und her beraten, ob man den Doktor holen solle. Wenns nach Zittelgust allein gegangen wäre, hätte man ihn gerufen; der Vater wollte die kleine Anna nicht gern hergeben. Aber er hatte ja nichts zu bestimmen; die Hausfrau regierte, und die war der Ansicht, daß der Arzt zu kostspielig sei. Es wurde versucht, Anna mit allerhand Kräutern, Einreibungen und Mixturen wieder auf die Beine zu bringen.

Frau Zittel war durchaus keine böse Frau; im Grunde ihres Herzens lebte eine gewisse Gutmütigkeit. Sie war gesund und kräftig von Natur, und wie es bei solchen Menschen manchmal der Fall ist, war sie grausam aus reiner Naivetät. Die Krankheit der anderen kam ihr wie Unrecht, zum mindesten wie Dummheit, vor.

Die Kraft hat eben keine Geduld mit der Schwäche. Munter und leichten Sinnes schreitet der Starke über den Schwächling hinweg und empfindet dessen Gebrechen womöglich noch als Beleidigung. Frau Zittel klagte oft ganz ernsthaft, daß sie schön hereingefallen sei bei ihrer zweiten Heirat. Ein Mann, der zu nichts tauge als zum Weben, und dazu ein sieches Kind, das statt Arbeit zu verrichten, welche verursache. Ihr war wirklich ein schweres Kreuz auferlegt vom lieben Gott! –

Schließlich mußte sie sich doch entschließen, den Doktor kommen zu lassen. Es geschah mehr, um das Gerede der Leute zum Schweigen zu bringen, als um Annas willen. Das Dorf sollte kein Recht haben, sie eine böse Stiefmutter zu nennen.

Der Arzt bezeichnete Annas Leiden als ein schweres. Er gab keine Hoffnung, daß das Kind jemals wieder hergestellt werden könne.

Von dem Augenblicke ab, wo feststand, daß es mit der Stieftochter zu Ende gehe, war Frau Zittel die Gutherzigkeit in Person gegen die Kranke. Während man die Lebende hatte verkommen lassen, mußte der Sterbenden jeder Wunsch erfüllt werden, und wäre er noch so unvernünftig gewesen.

Die kleine Anna, deren Bedürfnisse früher die bescheidensten gewesen waren, äußerte mit einem Male Gelüste nach allerhand Leckerbissen. Beim Landvolke sind solche Wünsche eines vom Tode gezeichneten Menschenkindes geheiligt. Die Stiefmutter scheute keinen Weg, keine Kosten, zu schaffen, was Anna heischte.

Für einige Wochen tyrannisierte die Sterbende so das ganze Haus. Ihr Bett war hinuntergeschafft worden in die große Stube, damit sie warm liegen solle. Der Vater mußte nach ihrem Kommando springen, ihr dies und jenes herbeiholen, an ihrem Bette sitzen und ihr vorlesen. Es war, als sei die gute Zeit zurückgelehrt, wo die beiden allein gewesen waren und Anna unumschränkt über ihn geherrscht hatte.

Einmal kam auch der Pastor und betete mit ihr. Von da ab wurde sie stiller, teilnahmloser scheinbar. Es war ihr nun wohl zum Bewußtsein gekommen, daß der liebe Gott ihren Wunsch erfüllen wolle, sie zu sich zu nehmen.

Eines Nachts wurde das Ehepaar Zittel durch anhaltendes Klopfen von der großen Stube her geweckt. Das war das verabredete Zeichen, durch welches die Kranke sich meldete. Die Frau eilte aus der Schlafkammer hinunter. Aber Anna wehrte sie mit ungeduldiger Gebärde ab. Sie wollte den Vater haben.

Mit kundigem Blicke sah die Stiefmutter, daß es hier zu Ende gehe. Das waren die starr in weite Ferne gerichteten Augen, das verlängerte Gesicht, die unruhig arbeitenden Hände, welche die haben, die sich zur letzten Reise anschicken.

Sie eilte in die Kammer zurück und zerrte ihren Mann, der sich eines festen Schlummers erfreute, am Arme. »Gust, wach uff! s' Madel will sterben.«

Zittelgust dehnte und reckte sich. Gähnend fragte er, warum man ihn mitten in der Nacht wecke. Als er endlich begriffen hatte, um was es sich handle, fuhr er hastig in die Hosen und eilte hinab.

Der ungewohnt vergeistigte Ausdruck im Angesicht seines Kindes machte ihm alles klar. Er ließ sich an Annas Lager nieder und fing an zu weinen. Eine Ahnung überkam ihn, daß das Beste, was er auf der Welt besitze, nunmehr unwiederbringlich von ihm genommen werden solle. Er dachte an seine erste Frau und die beiden Kinder, die er schon verloren. Gerade so hatten die auch drein geschaut in ihrem letzten Kampfe.

Doch weinte er eigentlich mehr über sein eigenes trauriges Geschick als über Anna. Daran, die Sterbende aufzurichten und zu trösten, dachte er nicht. Das Kind war selbst in seiner Schwäche noch mutiger und klüger als er. »Weent ack nich, Vater!« sagte sie. »Wenn 'ch nuff kumma und 'ch sah de Mutter, hernachen wer 'ch 'r alles derzahlen.« –

Nach einer Weile fragte sie mit hoher, pfeifender, kaum noch verständlicher Stimme, ob eine Leinewand auf dem Stuhle sei. Zittelgust bejahte; er hatte vor Kurzem erst aufgebäumt. Anna bat ihn durch Zeichen – sprechen konnte sie schon nicht mehr – daß er sich an den Webstuhl setzen möge. Er that es und fing an zu wirken.

Der Stuhl ließ seine bekannte Melodie erklingen. Da ratzte das Trittschemelgeschlinge, der Schützen sauste geschäftig hin und her und schlug schütternd in die Kammer, die Lade brummte und dröhnte.

Das Weberkind lauschte den vertrauten Tönen, wie einer herrlichen Melodie. Ein beseligtes Lächeln huschte leicht über das schneeweiße Gesicht. Allmählich wich alle Spannung aus den Zügen. Das Köpfchen lag nach der Ecke gewandt, wo der Vater saß und webte.

Vom Rhythmus des alten Webstuhls wie von Engelsflügeln emporgehoben, so entfloh die junge Seele aus ihrem ärmlichen Gefängnis.

Über tredition

Eigenes Buch veröffentlichen

tredition wurde 2006 in Hamburg gegründet und hat seither mehrere tausend Buchtitel veröffentlicht. Autoren veröffentlichen in wenigen leichten Schritten gedruckte Bücher, e-Books und audio-Books. tredition hat das Ziel, die beste und fairste Veröffentlichungsmöglichkeit für Autoren zu bieten.

tredition wurde mit der Erkenntnis gegründet, dass nur etwa jedes 200. bei Verlagen eingereichte Manuskript veröffentlicht wird. Dabei hat jedes Buch seinen Markt, also seine Leser. tredition sorgt dafür, dass für jedes Buch die Leserschaft auch erreicht wird.

Im einzigartigen Literatur-Netzwerk von tredition bieten zahlreiche Literatur-Partner (das sind Lektoren, Übersetzer, Hörbuchsprecher und Illustratoren) ihre Dienstleistung an, um Manuskripte zu verbessern oder die Vielfalt zu erhöhen. Autoren vereinbaren direkt mit den Literatur-Partnern die Konditionen ihrer Zusammenarbeit und partizipieren gemeinsam am Erfolg des Buches.

Das gesamte Verlagsprogramm von tredition ist bei allen stationären Buchhandlungen und Online-Buchhändlern wie z. B. Amazon erhältlich. e-Books stehen bei den führenden Online-Portalen (z. B. iBookstore von Apple oder Kindle von Amazon) zum Verkauf.

Einfach leicht ein Buch veröffentlichen: **www.tredition.de**

Eigene Buchreihe oder eigenen Verlag gründen

Seit 2009 bietet tredition sein Verlagskonzept auch als sogenanntes "White-Label" an. Das bedeutet, dass andere Unternehmen, Institutionen und Personen risikofrei und unkompliziert selbst zum Herausgeber von Büchern und Buchreihen unter eigener Marke werden können. tredition übernimmt dabei das komplette Herstellungs- und Distributionsrisiko.

Zahlreiche Zeitschriften-, Zeitungs- und Buchverlage, Universitäten, Forschungseinrichtungen u.v.m. nutzen diese Dienstleistung von tredition, um unter eigener Marke ohne Risiko Bücher zu verlegen.

Alle Informationen im Internet: **www.tredition.de/fuer-verlage**

tredition wurde mit mehreren Innovationspreisen ausgezeichnet, u. a. mit dem Webfuture Award und dem Innovationspreis der Buch Digitale.

tredition ist Mitglied im Börsenverein des Deutschen Buchhandels.

Dieses Werk elektronisch lesen

Dieses Werk ist Teil der Gutenberg-DE Edition DVD. Diese enthält das komplette Archiv des Projekt Gutenberg-DE. Die DVD ist im Internet erhältlich auf **http://gutenbergshop.abc.de**